TAKE
SHOBO

復讐の処女《おとめ》は獣人王の愛に
捕らわれる

白花かなで

Illustration
さばるどろ

MOON DROPS

復讐の処女《おとめ》は獣人王の愛に捕らわれる

Contents

序章

復讐を誓う結婚式

秋色の美しい葉を失った枝々に冷たい雪が降り積もり、国中が白一色に染まる冬。

獣人の住まうダルスタイン王国の荘厳な大聖堂に、重々しい祝福の鐘の音が轟《とどろ》いた。

「では、指輪の交換を」

精巧なステンドグラスが神々しい輝きを放つ中、祭壇の前に立つ一組の男女が、司教の言葉に従い、互いの左手薬指に誓約の指輪を嵌《は》め合う。

今日の佳《よ》き日に花嫁となるのは、隣国ユスティアの第二王女であるアシュレイ。

花婿となるのは、このダルスタイン王国の王であるヴォルフガングだ。

「続きまして、誓いのキスを」

司教にそう告げられた瞬間、花嫁の身体は拒絶を表すかのようにびくりと揺れた。そのことに気づいたのは、恐らく彼女の目の前に立っている花婿だけなのだろう。

けれども、花婿は動ずることなく花嫁へ近づくと、羽根のように軽やかな薄いヴェールを躊躇《ためら》いもせずに捲り上げた。

「番《つがい》の証か……」

人間社会には馴染みのない『番』という言葉の意味を、人間の花嫁であるアシュレイは理解することができない。

ただ、理解ができないからこそ余計に、自分が獣人の国であるダルスタイン王国の獣人王に嫁いだのだと実感し、アシュレイの紅色の瞳は怒りからさらに燃え上がる。

——許さない。

この男はアシュレイの仇敵《きゅうてき》だ。

大切な人のために、アシュレイが命を懸けてでも復讐すべき男なのだ。

決して許すものかと煌《きら》めく紅色の瞳で睨《ね》めつけるアシュレイの頬に、目の前に立つ男の大きな手が伸びる。

「……やっとだ」

この男は何が言いたいのだろう。

アシュレイは訳がわからず、自分の頬をするりと撫でるこの不快な指を、今すぐパシリと払い落としてしまいたくて仕方がない。

だが、公衆の面前でそのような行動を取っては皆に警戒されるだけだ。

——今だけよ。

今だけだから耐えろと自分自身に言い聞かせる。それでもなお腹の底から湧き上がる怒りを抑えるように、唇をきつく噛み締めたアシュレイを、目の前にある琥珀色の瞳がじっと見つめる。

男の瞳に宿っているのは、ぞっとするような捕食の色だ。まるで頭から骨ごとバリバリと食べられてしまいそうな肉食獣の輝きに、つい背筋が凍りそうになる。

そして次の瞬間、穢《けが》れのない純白に身を包むアシュレイの細い腰に、ヴォルフガングは獣人らしい屈強な腕を回し、ぐいっと自身の方へ強く引き寄せた。

「――っ!」

逃亡など許さないとばかりに唇を押し当てられる。それどころか、溢れかけた悲鳴すら飲み干すように、男が隙間なく唇を塞ぐ。

――許せない……!

生まれてから今日までの十八年、一国の王女であり、またひとりの淑女として頑なに守り続けてきた唇を、よりにもよってこの男に、それもこれほど強引に奪われてしまった。

そのことが、たとえ仕方のない事実であるとわかっていても、どうにも認められそうにないほど悔しい。同時に腹立たしい思いをも抱いたアシュレイの瞳から、つい涙が零れ落ちそうになる。

――でも、だめよ。今だけは、絶対にだめ。

ここで今、花嫁であるアシュレイが泣き出すのは不自然だ。

何より、この男にだけは弱い自分など見せてなるものか。

溢れかけた涙を押し込むように、アシュレイは爪が手のひらに食い込むほど強く手を握り締めた。

しかし精一杯の強がりを見せるアシュレイを嘲笑うかのように、唇を解放した男は自信たっぷりに言い放つ。

「――諦めろ。お前はもう、俺だけのものだ」

その野蛮な台詞に怒りが募り、アシュレイの目の前は真っ赤に染まった。それとともに、男を睨みつけている紅色の瞳が、燃え上がる炎のように輝き出す。

――ならない。

絶対に、この男のものになどなるものか。いや、決してなるはずもないだろう。

なぜならアシュレイは今宵、自らの手で、この男の命を奪ってみせるのだから。

第一章

甘やかに翻弄《ほんろう》される残酷な初夜

『いいかい、アシュレイ。エレオノーラの苦しみを、僕達の悲しみを、決して忘れてはいけないよ。そのために君は、ダルスタイン王国の王に嫁ぎ、あの忌々《いまいま》しい獣人を殺すのだからね』

出立前夜、祖国ユスティアの王である兄のクラレンスから告げられた言葉を、しっかりと胸に刻みこむように、アシュレイは何度も何度も思い返す。

――私は、決して忘れない。いいえ、忘れられるはずがないわ、クラレンスお兄さま。

当然だろう。

エレオノーラを、誰よりも大切なアシュレイの姉を、この国の獣人は不幸のどん底に追いやったのだ。忘れていいとも、忘れようとも思えるはずがない。

ふつふつと湧き上がり続ける怒りを爆発させないように、胸元のロケットペンダントを握り締めると、アシュレイは重厚な寝室の扉を開いた。

ダルスタイン王国の王宮は、人間よりも身体の大きい獣人に合わせて造られているのだろう。

ここで男を待つようにと通された寝室は、祖国の王宮内にあったアシュレイの寝室よりも遥かに広かった。

——ユスティア王国とは、かなり違うようね……。

広い寝室内に置かれている家具のひとつひとつも、何人使用できるのだろうと考えてしまうほどに大きい。加えて、そのどれもがとても頑丈そうにできている。そういう点からも人間と獣人の違いを感じ取ってしまい、アシュレイは怯みそうな心を戒めるようにわざと眉を顰《ひそ》めた。

——この程度のことに怖気づいてどうするの。

今宵、アシュレイには果たさなければならない使命がある。それなのに僅かな迷いなど抱いていては、足元を掬われかねない。

弱気な自分を叱咤するように、アシュレイはすうっと息を大きく吸い込むと、徐《おもむろ》に足を踏み出した。

一歩、二歩と、ほとんどの照明が落とされた薄暗い寝室の中を進む。途中、言いようもない悪寒を覚える、人間が優に数人は眠れそうなベッドを一瞥《いちべつ》しながら通り過ぎる。

そうして窓辺に置かれている長机の側まで辿り着いたところで、アシュレイは首から下げているロケットペンダントをそっと外した。

『アシュレイ、人間と獣人の違いはわかるかな？』

ダルスタイン王国の王ヴォルフガングとの結婚が決まった際、兄のクラレンスに問われたアシュレイは、まず『容姿』と答えた。

一見、人間と変わらないようにも思える獣人達にはしかし、アシュレイ達には決して存在しない、獣のような耳や尻尾が生えている。それらは、先祖代々受け継がれてきた獣の血の証でもあるそうだ。

『そして、獣の血を引いているからこそ獣人は、私達人間よりも遙かに身体能力が高いと聞いているわ』

『そうだね。ちなみに、その中でも狼獣人の強さは、他の追随を許さないほどだそうだよ』

『狼獣人……？』

アシュレイは、ダルスタイン王国について最低限の知識しか得ていない。

それゆえに、兄の口から飛び出した聞き慣れない単語に不思議そうな顔をするも、クラレンスは問題ないと告げるようにゆるりと首を横に振った。

『ダルスタイン王国を治める王族は皆、狼の血を引いているんだ。もちろん、君が結婚する予定のダルスタイン国王も狼獣人だよ』

だから、とクラレンスが続ける。

『力では敵わないと思っておいた方がいいね。……さて、アシュレイ。その場合、君はどうしたらあの忌々しい獣人の命を奪うことができると思うかな？』

獣人の中でも最強と謳《うた》われている狼獣人に対して、アシュレイは非力な人間だ。おまけに命を奪おうとしている相手は男であり、こちらは女である。

そのために生まれる力の差を補うには、いったいどのような方法を選べば良いのだろう。

頭を悩ませるアシュレイに、クラレンスは妹を安心させようと微笑みを浮かべた。

『――毒だよ、アシュレイ。マジェリスの花の毒を結婚式の夜、君があの獣人に飲ませるんだ』

アシュレイは外したロケットペンダントを見つめ、自分自身を落ち着かせるように肺の底から息を吐き出す。

それから、ロケットペンダントのチャームを開いた。

――これが、マジェリスの花の毒ね。

開いたチャームの中に、川辺に転がる小石よりも遥かに小さい粒が、ふた粒入っている。

ひと粒は殺害用に、もうひと粒は万が一の時の予備として。そう、アシュレイは今宵、この毒薬でダルスタイン国王の命を奪うのだ。

『アシュレイ、不安に思う必要はないよ。これはね、香りもしなければ味もしない。非常に優秀な毒なんだ』

出立前夜にアシュレイは、このロケットペンダントをクラレンスから渡された。

その際、空気に触れると効果が落ちるとも言われていたために、アシュレイがマジェリスの花の毒を実際に見るのは、今が初めてである。

――でも、本当に無味無臭なのかしら……？

別にクラレンスを疑っているわけではない。ただ、幼い頃から王位継承者として厳しい教育を受けてきた兄とは違い、アシュレイには毒の知識などほとんどない。末の王女の命を狙おうと考える者などいなかったために、アシュレイにはクラレンスほど薬について勉強する必要もなかったのだ。

それゆえに僅かな不安を覚える。けれどこれが毒薬である以上、どんな味かを確認する方法はない。

――毒だと思うと、鼻を近づけるのも少し怖いわ。

有毒植物であるマジェリスの花の花弁をすり潰して固められた毒薬は、口に含めば人間であろうと獣人であろうと必ず死に至るほど効果が高いそうだ。加えて、この毒は液体にも非常に溶けやすく、摂取した者を一瞬にして深い眠りの世界へと誘う。その後、一切の苦しみを与えずに心臓の動きを止めるらしい。

――だから、口にしたら最後。誰に助けを求めることもないまま命を落とす。

本当に恐ろしい毒だ。

背筋に走った寒気を誤魔化すように、アシュレイは唇を嚙み締めた。

そして、それほどまでに恐ろしい毒をどのようにして、アシュレイはダルスタイン国王に飲ませるか。

考えるように一度だけ瞼を閉じて、ゆっくりと開けると、アシュレイは眼前の長机の上に用意されているふたつの空のグラスに目を落とした。

そのまま、今度は同じ長机に置かれている真っ赤な葡萄酒の入ったデキャンタに視線を移す。

「……まるで、鮮血のような色だわ」

小声で呟いた瞬間、アシュレイは僅かに顔を曇らせた。

暗殺に相応しい不吉な葡萄酒の色が、祖国で忌み嫌われている自分の瞳の色とあまりに酷似していたせいだ。

けれどすぐに、余計な思いを心の外に追いやるように首を横に振ると、アシュレイはデキャンタに顔を近づけた。

「何だか、目眩《めまい》がしそうなほどに濃厚な香りのする葡萄酒ね……」

鼻腔を擽《くすぐ》る葡萄酒の香りはあまりに芳醇で、嗅ぎ続けていたら胸焼けがしそうだ。

アシュレイはデキャンタから顔を離すと、手に持っていたロケットペンダントを長机に置き、深いため息を吐き出した。

この葡萄酒はきっと、初夜に臨む花嫁や花婿の緊張を少しでも和らげるために、侍女達が用意したものだ。

彼女達のその温かな心遣いを、アシュレイは暗殺の道具として利用する。当然、申し訳ないと思う気持ちはある。

それでも、今宵だけは……。

自分自身を落ち着かせるようにもう一度静かに息を吐き出すと、アシュレイは長机に置いたロケットペンダントを再び手に取った。

そして空いている片方のグラスに、コロンと毒薬をひと粒落とす。続いてデキャンタを持ち、ふたつのグラスに同量の葡萄酒を注ぐ。最後に毒薬入りのグラスを手に取ると、アシュレイは少しでも早く溶けるようにとグラスを揺らした。

――大丈夫そうね。

僅かな時間でも、毒薬は十分に溶けたようだ。

ほっと胸を撫で下ろした後、アシュレイは毒薬入りのグラスを長机の中央に戻した。

そして長机の側に置かれているソファに腰を下ろし、今度は毒薬の入っていないグラスを自分の手元に引き寄せる。

最後にロケットペンダントのチャームを閉じてから、アシュレイは冬の夜空に昇る月のような銀色の髪に隠れている細い首に、そのペンダントを掛けた。

——これでいいの。

相手が人間であろうと、獣人であろうと、命を奪うこと自体、許されない大罪だと理解している。それでもこの行為は、アシュレイやクラレンスのみならず、祖国の人間達の悲願だ。何より、大切な姉であるエレオノーラのために必要な罪なのだ。

「……そうよ、これはエレオノーラお姉さまのためだもの」

だから今さら怯むなと、本当は臆病で泣き虫なアシュレイの理性が、怖気づきそうになる弱い心を叱咤し、まだ十八年しか生きていない娘に、誰かを殺める覚悟を決めさせる。

その覚悟が崩れ去ってしまう前に、どうにか片をつけたいのに。ダルスタイン国王は、いったい何処にいるのか。

「まだかしら……」

待てど暮らせど来ない相手に焦れて、アシュレイはソファから腰を上げた。

扉に背を向けて、窓の向こうに広がる夜空を眺める。その時初めて、アシュレイは自分の指先が小刻みに震えていることに気がついた。

それでも、もう逃げ出すことはできない。

マジェリスの毒を葡萄酒に溶かした今、計画は最終段階に入っている。

「お姉さま。エレオノーラお姉さま……」

両手をきつく握り締め、この場にいない大切な姉に縋《すが》るように、大好きな姉に力を借りるように、その名を呼ぶ。

アシュレイの頼りなげな声が、静まり返っている室内に微かに漂った刹那、無情にも寝室の扉は開かれた。

「……何だ、待たせ過ぎたようだな」

感情の読めない声が静かな寝室内に響き、夜空を眺めていたアシュレイの鼓膜を震わせる。

パッと振り返り、扉の前に立つ男の姿を視界に捉えた瞬間、アシュレイは無意識に身体を強張らせた。

湯を浴びたばかりの湿り気を帯びた艶やかな黒髪に、高い身体能力の証である大きな三角の耳。

ガウンを羽織っていてなお、想像できてしまうほどに屈強な身体の向こうには、黒色の太い尻尾が存在しており、獣人のなかでも最強と謳われる狼の血を、まるでアシュレイに見せつけるかのように左右に激しく揺れている。

そして何より、十歳年上の大人の男らしい精悍な顔立ちから放たれる強い威圧感に、アシュレイはつい後退りしてしまいそうになった。

——しっかりしなさい、アシュレイ。

頭の片隅にいる理性が、動揺するアシュレイの心をぴしゃりと叱りつける。無用な動揺は、計画の失敗に繋がる可能性を高めるだけだ。

理解しているのに、アシュレイの心臓は意に反して、男の姿を視界にとらえた瞬間からドクリドクリと嫌な音を立て続けている。

おまけにアシュレイを見つめる琥珀色の瞳が恐ろしい。まるで全ての企みを見抜いているかのような鋭さに、総毛立ちそうになる。

——それでも、チャンスは一度だけだ。

出立前夜にクラレンスから渡されたマジェリスの毒を、計画どおり葡萄酒の入ったグラスに溶かした今、アシュレイは何としてでも目の前の男に、毒入りの葡萄酒を飲ませなければいけない。

絶対に失敗するわけにはいかないのだと、アシュレイは自分を見つめる鋭い琥珀色の瞳から自身の企みを守るように、敢えて男を見つめ返した。

「……やはり良いな。俺の番に相応しい輝きだ」

男に向けているのは強い煌めきを放つ紅色の瞳だ。祖国の人間なら不快感しか抱かない。にもかかわらず男は、またしても『番』という人間社会にはそぐわない単語を、どこか嬉々とした声音でアシュレイに返す。

負けないようにと立ったまま視線を逸らさずにいると、やがて男は近づいて来た。

一歩、また一歩と男が歩を進めるたびに、アシュレイの心臓は今にも破裂してしまいそうな恐ろしい音を立てる。それでもアシュレイの矜持《きょうじ》は、後退ることを決して認めない。

その場に踏み止まっているアシュレイの目の前までやって来ると、男は逞しい腕を彼女に向かって伸ばした。

ヴォルフガングの大きな手が、月のような輝きを放つアシュレイの銀色の髪を一束掬い上げる。

何を思ってそのような行動に出たのか、アシュレイにはさっぱりわからない。そもそもたとえ髪の毛一本であっても、憎い男に触れられるのは不快でしかない。

「……っ」

思わず眉を顰めてしまいそうになり、アシュレイはすんでのところでどうにか堪えるように腹に力を入れた。

その時、アシュレイは髪を掬い上げているヴォルフガングの腕に何気なく視線を落とし、あることに気がついた。

——紅色の宝石……？

アシュレイの髪に触れているヴォルフガングの手首に、金色の腕輪が嵌められている。その腕輪の中央に埋められている宝石は、まるで鮮血のような紅色だ。

——この国では、避けられていないのかしら……？

ユスティア王国では、鮮血のような紅色は不吉な色でしかないと言われている。

だが、ダルスタイン王国では違うのだろうか。

決して油断していい状況ではないのに、無意識に男の腕輪をじっと見つめてしまう。

「ずいぶん、顔が冷えているな」

銀色の長い髪を掬い上げている手とは反対の手が、アシュレイの頬を包み込んだ。

「緊張しているのか？」

突然触れられたことで、アシュレイは僅かに身体を揺らした。そして問われたことで、自分がかなり緊張していることに初めて気がついた。

それでも素直に認めたら、良からぬ企みを全て見破られてしまいそうな気がする。

「……いいえ」

アシュレイは否定するも、瞬時に後悔した。

――初夜に緊張しない王女が、いったいどこにいるというの。

王家や貴族家に生まれた女性には、結婚するまで純潔を守り続ける義務がある。つまり今宵は、生まれて初めて男性に身体を許すというのに、全く緊張しない能天気な王女がどこに存在するというのか。

まるで、身体を許さずに済む状況に持ち込むつもりだと、白状してしまったようなものだ。

――何をしているの、私は。

予想以上に緊張しているのか。それとも目の前の男が放つ強い威圧感に、無意識のうちに萎縮してしまっているのか。

いずれにせよ、アシュレイは今宵、何が何でもこの憎い獣人に毒入りの葡萄酒を勧めなければいけないのだ。

焦燥感が募り、アシュレイが唇を噛み締める。

けれど幸運なことに、チャンスは向こうからやって来た。

「この香りは……ああ、なるほど。その葡萄酒か」

ヴォルフガングが、窓辺に置かれている長机に視線を落とし、ふたつのグラスを手に取る。

双方のグラスに入っている葡萄酒の芳香を漂わせるように揺らすと、男はそのまま毒の入っていない方のグラスをアシュレイに渡したのだ。

「お前も飲むだろう？」

「……ええ、ありがとうございます」

心臓が今にも口から飛び出してしまいそうに跳ね続ける中、アシュレイは慎重に男の様子を窺いつつ、受け取ったグラスに唇を押し当てた。

――大丈夫。

今のところ問題はなさそうだ。ヴォルフガングの表情にも変化はない。

アシュレイは男に怪しまれぬようにと、敢えて先に葡萄酒入りのグラスを傾けた。

その姿を見たヴォルフガングもまた、毒薬の溶けた葡萄酒を揺らし、グラスに唇を押し当てる。

このままグラスを傾ければ、マジェリスの毒は確実に男の体内に入るだろう。

――いいのよ、これで。

全ては、一年前のあの日まで幸せそうに笑っていた姉のために。大切な姉を不幸に追いやった獣人達に復讐し、何よりあの日起きたことの真相を知るために。アシュレイは絶対に、この男を殺さなければいけないのだから。

今さら迷うな、迷ってどうする、と弱い心を叱りつける。

そしてアシュレイが、成功を確信した時だった。

「こうなるだろうと予想してはいたが、何とも複雑だな」

ぼそりと呟いたヴォルフガングが、グラスを持っている手をアシュレイとは反対の方向に伸ばし、床に向かって傾けた。床に敷かれている絨毯は、ぽたぽたと流れ落ちる赤黒い液体をこともなげに吸収する。

「……え？」

何が起きたのだろう。目の前の男はなぜ、葡萄酒を絨毯に飲ませたりなどしているのだろう。

混乱するアシュレイをよそに、ヴォルフガングは空になったグラスをコトリと長机に置くと、彼女の持っていたグラスを強引に奪い取った。

「あっ……な、何をなさるのですか……」

何かがおかしい。でも何がおかしいのだろう。

アシュレイは予想外の事態を前に困惑し、ただ男を見つめることしかできない。

「お前は嘘が下手だな」

ヴォルフガングが、アシュレイから奪ったグラスに入っている葡萄酒を揺らす。そして、苦々しい笑みを唇の端に湛えた。

「いや、それ以前に、番の嘘に気づけない獣人がいるとでも思っているのか？」

嘘。アシュレイはそのひと言を何度も反芻《はんすう》し、そして次第に目を見開いた。

――まさか。

まさかこの男は、マジェリスの毒に気づいてしまったのだろうか。アシュレイの殺意に感づいてしまったとでもいうのだろうか。

言葉を失ったアシュレイの目の前で、男が毒の含まれていない葡萄酒入りのグラスを呷る。

そして、グラスを長机に乱暴に置いた直後、男の屈強な腕がアシュレイの腰にサッと絡みつき、その身体を強引に抱き寄せた。

「――っ！」

同時にしっとりと濡れた唇が、アシュレイの怯える唇に押し当てられる。

――いったい何が起こったのだろう。

自分の身には今、何が起きているのか。

何もわからず、アシュレイの思考が停止する。

しかし口内に生温い濃厚な液体が流し込まれた刹那、アシュレイは言いようもない嫌悪感で我に返った。そして自分の身体を拘束している男の胸を、思い切り押し返した。

「ん――っ！」

けれど抵抗しようにも体格の差が大きくて、顔を上に向けられているアシュレイの喉を、噎せそうに甘い液体が勝手に流れ落ちる。

瞬時に焼けるような熱に襲われ、アシュレイは自分が口移しに葡萄酒を飲ませられたことに気がついた。

だが、葡萄酒を飲み下してなお、唇は解放されない。

「……っ、ん……ぅっ！」

男の唇が、幾度も角度を変えてアシュレイの唇を食む。かと思えば、肉厚な舌が甘ったるい液体の残るアシュレイの唇を、味わうように何度も舐める。

直面した危機に背中がぞわりと粟立ち、アシュレイは男の胸の中から逃げ出そうと必死に踠《もが》いた。にもかかわらず、腰に回されている硬い腕も、後頭部に回されている大きな手も、逃げる隙などまるで与えようとはしない。

「ん、んん……っ！」

嫌だ。離してほしい。口づけ自体一度しか経験がないために、アシュレイにはもう何が何だかさっぱりわからない。

どうしてこのようなことをするのかと詰《なじ》りたいのに、獣のように貪る唇は今か今かとさらなる獲物を待ち侘びている。

「……おい、唇を開けろ」

熱い吐息が唇を擽り、華奢な身体が勝手に跳ね上がる。

突然の暴虐に混乱する中、それでもアシュレイは頑なに唇を閉じ続けようとした。この男の言いなりになどなるものかと、なけなしの矜持で必死に抵抗する。

けれど唇に硬い歯を立てられた瞬間、アシュレイは慄き、咄嗟に唇を開いてしまった。その隙間から、肉厚な男の舌がぬるりと口内に滑り込む。

「ふっ……ぁ……んん——っ」

濃厚な葡萄酒が残る甘い口内を、男の舌が無遠慮に舐《ねぶ》り始めた。歯列をなぞられると、最後の砦であった小さな歯からも力が抜けてしまう。

気がついた時にはもう、奥にある薄紅色の舌まで男に絡め取られていた。

——どうして。

なぜこのようなことになっているのだろう。

頭の片隅に残る理性が、必死に理由を探そうとする。

けれど答えなど当然得られるはずもない。アシュレイの理解を容易に超える状況で、味蕾同士を丁寧に擦り合わせられると、それだけで奇妙な何かが背中を駆け抜けぞくぞくする。腰からは力が抜けているのに、反対に膝は無意識に擦り合わせてしまいそうになる。

「んぅっ、……ふ、ぁ……っ」

初めて知るこの奇妙な感覚から逃れたい。でも逃れられない。

男が離さないとばかりに腰や後頭部を抱えているせいで、身を捩ることも敵わないアシュレイの瞳に、涙が溜まり始める。

——もう、苦しい……。

肺も胸も心も、何もかもが苦しくて、あまりにも長い口づけに、手は拒絶どころか、いつの間にか縋るように彼のガウンを握りしめてしまっている。

そのことにも気づけず、アシュレイの意識が徐々に朦朧とし始めたところで、ヴォルフガングはやっと顔を離し、呟いた。

「お前の唇は甘いな」

はあはあと荒い息を吐き出すだけで精一杯のアシュレイに対して、彼女を見つめる男の琥珀色の瞳には、捕食寸前の肉食獣のような煌めきが宿っている。

その光を恐ろしいと思うのは、人間としてのアシュレイの本能ゆえだ。この男は自分よりも強者であると、本能的に悟ってしまったからこそ、アシュレイはどうにかして逃げ出さなければと身を捩った。

だが何の意味もない。厚みのある胸板を押し返してもどうにもならず、焦燥感ばかりを募らせているアシュレイに、男はなぜか少しだけ切なげに眉を寄せる。

「……諦めろと言っただろう。お前はもう、俺のものだ」

今日初めて言葉を交わした人間……いや、獣人にそのような台詞を告げられても、何の感慨も湧かない。

「俺だけのものだ。……決して逃がすものか」

むしろ不快なだけだ。それなのになぜと、アシュレイが嫌悪感を露《あらわ》にするように眉間に皺を寄せた刹那、ヴォルフガングは再び顔を近づけて来た。

「んっ……ん、ぅ……ぁっ」

油断していた。呼吸を整えるだけで精一杯だったので、半開きになっていた唇の隙間から、またしても男の舌が勝手に侵入する。

そのまま逃げる間もなく絡め取られた舌を、奥から引き摺り出すように吸い上げられると、擽ったいような、胸の奥がむず痒いような、何とも言い難い痺れが背中や下腹の奥にまで走った。

——だめだ。

理由はわからないが、このままでは何かがだめになりそうな気がする。

身体の奥で沸々と湧き上がる激しい熱や、知ってはならないようなこの感覚に、慄いた身体がふるりと震え出す。

おまけに今、その恐ろしいほどに奇妙な感覚を与えているのは、アシュレイが殺そうと思うまでに憎しみを抱いている卑劣な獣人だ。

——この男に、殺すべき憎い男に、何を私は。

どうしてアシュレイは、抵抗もできずに唇を奪われ、口内を蹂躙《じゅうりん》されているのだろう。

胸の奥底からぶわりと湧き起こる怒りが、混乱と恐怖により失われかけていた理性を一瞬にしてアシュレイに取り戻させる。アシュレイは同時に、抵抗する気力を取り戻した。

そしてこれ以上の蛮行など許さないとばかりに、口内を我が物顔で掻き回している男の肉厚な舌に、思い切り歯を立てた。

「——っ！　っ、ぅ……」

弱い獲物の抵抗に驚き、ヴォルフガングが微かな呻き声を漏らす。併せて微量ではあるものの、口内に不快な鉄の味が広がった。

にもかかわらず、男の蛮行は止まらない。

「んんっ！　んぅ……ぁ、ふ……ぅっ！」

一度は逃げ出した小さな舌を、男の舌が再び捕まえ、扱くように味蕾同士を擦り合わせる。

次いできゅうときつく吸い上げられた瞬間、胸や下腹の奥から手や足の先まで、一気に全身を駆け抜けたこの奇妙な痺れはいったい何なのだろう。

――わからない。わかりたいとも思えない。

それなのにどれだけ抵抗しても逃げ出すことはできず、自分の無力さだけが目の前に突きつけられる。

――悔しい。

何より情けない。ただひたすらに翻弄され続けているだけの不甲斐ない自分に、決して泣きたいわけではないのに、堪えきれず涙がひと粒ほろりと頬を伝った時だ。

「……泣くな、アシュレイ」

今まで好き勝手にアシュレイの唇を味わい続けていたにもかかわらず、ヴォルフガングはなぜか徐に顔を離して言った。

そして頬に流れた涙を、親指でそうっと拭い取る。

それをぺろりと舐めると、ヴォルフガングは感心したように小さな呟きを漏らした。

「お前は涙まで甘いのか」

だが解放されたばかりの唇で荒い呼吸を繰り返しているアシュレイの心は、吹雪と豪雨が一遍に訪れたかのように荒れている。

「は、ぁ……はあ……っ、どうして、このようなことを……っ」

無味無臭であると聞いていたマジェリスの毒に、まさか本当に気がついたとでもいうのか。

しかしそれならば、アシュレイを問い詰めるだけで良いはずだ。

唇を強引に奪い、葡萄酒を流し込み、口内を蹂躙することにいったい何の意味があるというのだろう。

「どうして、か……」

胸の底から湧き上がる怒りに、アシュレイは紅色の瞳を炎のように燃え上がらせるも、次の瞬間ハッと気がついた。

なぜだろう。なぜ目の前の男は、まるで傷ついたように顔を曇らせているのだろう。

先ほどまでは本物の肉食獣のように、ぎらぎらと瞳を輝かせていたというのに。

――意味がわからないわ……。

散々好き勝手に唇を奪った男の変化が理解できず、アシュレイは困惑から眉を寄せつつ、男の真意を探るように琥珀色の瞳をじっと見つめた。

その状態のまま、数秒ほどが経過した頃だろうか。

ヴォルフガングはハッと我に返ると、敢えて感情を読ませないように目を鋭く細めた。

「お前は、何も思い出さないのか？」

「思い出す……？」

再び放たれる強い威圧感に内心怯みそうになりながらも、どうにかアシュレイが尋ね返す。

「……いや、思い出せないというのならそのままでいい」

男はあっと言う間に不敵さを取り戻すと、もうアシュレイにそれ以上の答えを与えはしなかった。

「……いったい、何を仰っておいでですか？」

「もういい、忘れろ。今のお前には知る必要のない話だ」

これで話は終わりだとでも言うように、アシュレイの問いをぴしゃりと撥ね除ける。

──自分から言い出したというのに。

最低だ。何て傲慢な人間……いや、獣人なのかと、アシュレイの中の怒りが再燃する。燃えるような紅色の瞳で男を睨みつける。

けれどヴォルフガングは動じないどころか、今度は口端に強かな笑みまで湛えてみせた。

「それより、お前は獣人のことを何も理解していないらしいな」

「いいえ、決してそのようなことは……」

「今さら嘘を吐いてどうする？」

淡々と吐き捨てる男に、また苛立ちが増す。

だが決して否定できないのも、また事実ではあった。

なにせアシュレイは、ダルスタイン王国の王に嫁いだにもかかわらず、この国や獣人について最低限の知識しか持っていないのだ。

──だって私は、この男を殺すためだけにこの国に来た。

暗殺だけが目的のアシュレイに、この国や獣人について多くを知る必要などあるはずもない。

初夜に目の前の男の命を奪い、そして同時にアシュレイも今宵、自ら命を断つ。

祖国ユスティアの王である兄は、妹を勇気づけるために、殺害計画を実行した後は不運な未亡人としてアシュレイを帰国させるつもりだと話していたが、現実的に考えてそれはほぼ不可能だろう。もっとも本当は兄も心の何処かで難しいと思ったからこそ、予備の毒薬をアシュレイに持たせたのかもしれないが。

いずれにせよ、感情はさて置き、理性は生き延びる可能性を最初から否定していたために、アシュレイはこの国や獣人についての知識を敢えて得ようとはしなかった。

必要のない知識を下手に学び、この男を殺すことに僅かでも迷いが生じる可能性を恐れたのも、本音を言えばまた事実だ。

——そう、今までは。

自分の選択は、決して間違ってなどいないと思っていた。

「……まあいい。何も知らないのなら、俺がお前に教えてやろう」

アシュレイを挑発するように、ヴォルフガングが唇の端を上げた。それとともに大きな手が、再び彼女の頬に戻る。

「まず、獣人はお前達人間よりも遙かに身体能力が高い」

さすがに、その程度のことはアシュレイでも知っている。

そこまで馬鹿にするなと、アシュレイが不快そうに顔を顰《しか》めると、彼女の腰に巻きついたままでいる頑丈そうな腕は、なぜか緩やかに動き始めた。

「当然、お前達人間より五感も優れている」

無意識に身体を強張らせたアシュレイを宥《なだ》めるかのように、男の大きな手が背中を擦る。

「お前達には到底感じられない味も匂いも、俺達獣人には一瞬でわかるほどにな」

節榑《ふしくれ》立った指が、色を失いつつあるアシュレイの唇を撫でる。

「ゆえに番が発する、花のように甘い香りも。発情している際の、蜂蜜のように濃厚な香りも」

幾度も幾度も、男はまるで慈しむかのように、アシュレイの震え始めた唇を撫で続ける。

時折、唇の内側をなぞる指には不快感しか覚えないというのに、全身が凍りついているアシュレイには、身を捩ることも、拒絶の言葉を吐き捨てることもできない。

ただ、されるがままの甚振《いたぶ》り甲斐のある獲物を前にして、男は獰猛《どうもう》そうに笑う。

「――お前がこの葡萄酒に入れた、マジェリスの花から得た毒の香りも全て。お前達人間にはわからずとも、俺達獣人には感じ取ることができるわけだが」

「……っ」

蒼白な顔で息を呑むアシュレイの腰を、男の手が淫猥《いんわい》に撫で上げる。

「まさか本当に、気づかれるはずがないとでも思っていたのか？　……いや、実際そう思っていたのだろうな」

――どうして、気づかれてしまったのだろう。

無味無臭であるマジェリスの毒であれば、獣人であるこの男にも決して気づかれることはないはずだと、毒に詳しいクラレンスはたしかにそう話していたというのに。

「私が、毒を入れたという証拠でもあるのですか？」

獣のように獰猛な琥珀色の瞳が、ちらりと長机の上のほとんど空になった毒入りのグラスを見る。

「それならお前は、このグラスに残る葡萄酒を舐めることができるのか？」

男の言うとおり、アシュレイにはたしかにその葡萄酒を一滴でも舐めることなどできない。

とは言え、今ここで罪を認めるわけにもいかないのだと、アシュレイは必死に頭を働かせた。

「……ずいぶん、おかしなことをお聞きになるのですね。貴方が毒入りだと仰った葡萄酒を、たとえ一滴であろうと私が口にできるとでも？」

「なるほど。たしかに、お前の言うとおりかもしれないな」

男が毒入りの葡萄酒を絨毯に染み込ませた今、アシュレイにもまだ言い逃れできる可能性はあるはずだ。動揺を隠すように、男をしっかりと見据える。

「でしたら、私が毒を入れたという証拠などないのでは？」

だが獣人の王は、人間の王女よりも遙かに上手だった。

「あるだろう、ここに」

不快そうに目を眇《すが》めたヴォルフガングが、彼女の後頭部から離した手で、アシュレイの胸元をすっと指差したのだ。

その瞬間、アシュレイは絶句し、はっきりと負けを悟った。

――ロケットペンダントだ。

首に掛けている毒薬入りのロケットペンダントが、羽織っているガウンの下、ちょうど男が指を差したあたりに隠れている。

「……ああ、このペンダントか」

ヴォルフガングは押し黙るアシュレイのガウンの合わせ目に指を滑らせると、マジェリスの毒が入ったロケットペンダントを指先で持ち上げた。

「このペンダントを外して、俺に渡せ」

目の前の男の威圧感に慄き、声も出せずに首を横に振るアシュレイに、ヴォルフガングは瞳を細めると、低い声で吐き捨てた。

「いいから、言うとおりに俺に渡せ。……それとも、肌に傷がつくほど乱暴に引きちぎられたいのか？」

脅迫以外の何ものでもない鋭い声音に、反射的に身体がびくりと揺れる。

だが毒入りの葡萄酒が絨毯に吸収されてしまった今、このロケットペンダントを渡してしまったら、アシュレイはもう自分で自分の命を断つことができなくなってしまう。

そのために怖気づき、何の反応も返せないアシュレイを見て、ヴォルフガングは舌打ちをすると、彼女の首の後ろに手を回した。

「あっ……」

そしてロケットペンダントを外し、しゅるりと細い首から引き抜いた後、男は不愉快そうに顔を顰めると、それを壁に叩きつけた。

「……っ！」

「わかっているのか？　お前は今まで、猛毒を素肌に身に着けていたんだぞ」

「ち、ちがっ……わ、わたしは……」

毒など持っていないと否定しても、ロケットペンダントの中身を調べられれば終わりだ。もっと上手に言い逃れをして、改めてチャンスを窺わなければと頭のどこかでは思っているのに、急激に怒気を放ち始めた男の恐ろしさに慄き、身体は勝手にがたがたと震え出す。

目の前の男の手で、自分の命がどのような終わりを迎えるのか。想像しただけで視界が絶望一色に染まり、今にも気を失いそうになってくる。

「素手で触ってはいないな？」

企みを見破られてしまったことに加えて、身体の大きな男に思い切り怒気をぶつけられているせいで、何を問われているのかまるで理解できない。

それでも恐怖のあまりこくこくと頷いたアシュレイに、ヴォルフガングはなぜか安堵したように息を吐いた。

「……恐ろしいことをしようとするな」

今まさにロケットペンダントを壁に投げつけた男の大きな手が、アシュレイの青白い頬を包み込む。

丁寧に頬をなぞる親指が、今のアシュレイには恐ろしくて堪らない。

「国王の命を狙った者がどうなるか、知らないのか？」

知っている。国王の命を狙った者は、何処の国でも死罪だ。

それどころか場合によっては、身の毛もよだつほど残虐な方法が選ばれる可能性すらある。

――わかっていたのに、どうして。

後悔と、忍び寄る死の恐怖に対しての絶望が心の中でぐちゃぐちゃに混ざり合い、瞳が勝手に潤みだす。何より、結局姉のエレオノーラのために何もできなかった自分が情けなくて、言い様もない吐き気すら込み上げて来た時だった。

「……それほどまでに、お前は俺を殺したかったのか？」

感情の読めない表情で、ヴォルフガングがアシュレイに問うた。

「何を、仰っているのですか……？」

信じられない。あまりにも理解のできない衝撃的な質問に、アシュレイの心の中にあった後悔や死の恐怖が、一瞬にして消し飛ばされる。

「殺したいと思うほど、お前は俺が憎いのか？」

そして男の問いをもう一度反芻した刹那、パリンと何かが壊れたような音が胸の奥に響いた。

「……正気ですか？」

頭の片隅に残る理性が、必死にアシュレイを止めようとする。これ以上続けて、もしもより残虐な方法で処刑されることになったらと、アシュレイに泣き縋ろうとする。

けれど一度溢れてしまった感情を今さら抑え込む術など、アシュレイにはもうなかった。

「私が……私達が、貴方を憎んでいないとでも思っていらっしゃるのですか……!?」

まるで川が決壊してしまったかのように、心の底から溢れ出した怒りが透明な雫となり、アシュレイの紅色の瞳から零れ落ちる。

「貴方の行動が私達をどれほど苦しめたか……っ、この一年の間に、一度もお考えにはならなかったのですか!?」

ひと粒、ふた粒、三粒……と数えきれない涙が、両目からぼろぼろと零れ出す。それでも決して止まらない涙は頬を伝い、そのまま床に敷かれている絨毯へと静かに吸い込まれていった。


忘れられない痛みと衝撃をアシュレイの胸に与えたあの悲劇は、一年前の寒い冬。

兄のクラレンスと姉のエレオノーラが、このダルスタイン王国を訪れた日の夜に起こった。

あの日、ダルスタイン王国で開かれた晩餐会に招かれていたクラレンスは、未婚ゆえにエレオノーラをパートナーとして選び、華やかな晩餐会に出席した。

そしてその夜、エレオノーラは暴力を振るわれた挙げ句、凌辱されたのだ。部屋を訪ねてきた、ダルスタイン王国の王であるヴォルフガングの弟――ディートハルトによって。

唇が切れるほど頬を叩かれた末に、王女として守らなければいけないはずの純潔を奪われ、エレオノーラは身心に負った深い傷の痛みに耐えきれなかったのだろう。ディートハルトが部屋を出て行った後、姉は毒を呷《あお》った。ダルスタイン王国を訪問する際、盗賊に襲われるなどといった不測の事態に備え、身を守るためにとクラレンスから渡されていた毒を、姉は呷ってしまったのだ。

ただ幸いにも、その直後に偶然エレオノーラの部屋を訪れたクラレンスが異変に気づき、姉は辛うじて一命を取り留めた。

けれど呷ってしまった毒の影響か。それとも身心に負った深い傷のせいか。

あれから一年が経過した今も、エレオノーラはユスティア王国の王宮の敷地内に建てられている王立病院の一室で、静かに眠り続けている。


「エレオノーラお姉さまは、今も……目を覚ましては下さらないのに……」

アシュレイの瞳から、止まる術を知らない涙がぼろぼろと溢れ出す。

「それなのに……っ、なぜ貴方は、あの男を庇ったりなどなさったのですか……！」

悔しい気持ちをぶつけるように、アシュレイは男の胸板を握りしめた拳で思い切り叩いた。

エレオノーラは、アシュレイにとって誰よりも大切で、大好きな姉だ。兄であるクラレンスにとっても大切な妹であり、また、ユスティア王国にとっても国の未来を担う大事な王女だ。

だからアシュレイ達は当然、取り返しのつかない大きな罪を犯したディートハルトに対する、厳しい処罰を求めた。できることなら、憎い男に死罪をと願った。

それなのにダルスタイン王国の王であるヴォルフガングは、まるでアシュレイ達の気持ちを踏みにじるかのように、弟であるディートハルトの無実を平然と主張したのだ。

――いいえ、それだけではないわ。

こともあろうに、ユスティア王国の要求を一蹴したこの男は、暗殺を目論まれてはならないからと、ディートハルトを何処かに匿《かくま》ってしまったのである。

「どうして……どうして、ですか……？」

涙を止めることができず、時折嗚咽を漏らしながらも、アシュレイはぼかぼかと男の胸板を殴り続ける。にもかかわらず、止めないどころかアシュレイの背中を宥めるように擦るヴォルフガングが、今は一層腹立たしくて仕方がない。その広量さをなぜ、あの時のアシュレイ達に向けてはくれなかったのかと思うと、悔しくて悲しくて堪らなくなる。

「今も、匿い続けているのはなぜですか……っ」

たしかな証拠だって存在するのに、と泣きながら続けたアシュレイに、ヴォルフガングが眉を顰める。

「証拠か……。それはやはり、あの腕輪のことを言っているのか？」

「そうです！　だって……あれが、何よりの証拠でしょう……？」

証拠まであったからこそ、アシュレイ達は余計にこの男のことも、あの王弟と同じくらいに許せないのだ。

悲劇が起きたあの夜、呷った毒の影響で意識が朦朧とする中、エレオノーラは偶然訪ねてきたクラレンスに告げたそうだ。

『クラレンス、お兄さま……ディートハルト殿下が……わ、わたくしを……』

エレオノーラの頬を思い切り叩き、身体を蹂躙したのだと告げられたクラレンスは、気が動転しながらも、一瞬にしてそれが事実であることを悟った。

紫色に腫れ上がった頬に、血の滲む唇。強い力で破られた衣服を見れば、妹に何が起きたかなど、悲しいほどに明白だったそうだ。

そして祖国に戻り、もうひとりの妹であるアシュレイに事情を説明したクラレンスを疑うつもりなど欠片もない。

何より今回の件においては、エレオノーラの言葉を聞いたというクラレンスの証言を裏づけられるだけの証拠が、あの夜の姉の部屋に存在した。

――そう、腕輪だ。

「お前は、あの腕輪の意味を知っているのか？」

「こ、この世にただひとつのものだと、クラレンスお兄さまから……聞きました……」

ダルスタイン王国では、新たな王族が誕生した際、その証として腕輪が作られるそうだ。

そして腕輪には、生まれた王族に合わせた宝石が埋められていると聞いている。

つまりダルスタイン王国の王族は皆、自分のためだけに作られた、この世にただひとつの腕輪を嵌めているわけだが。

「エレオノーラお姉さまの部屋に、落ちていたのは……空色の宝石が埋められた腕輪だったとも、聞いています……」

「……たしかに空色の宝石が埋められている腕輪は、ディートハルトのものだな」

心底不快なことに、ディートハルトの腕輪には、エレオノーラの瞳と同じ空色の宝石が埋められていた。姉の部屋に落ちていたその腕輪こそ、あの夜ディートハルトがエレオノーラの部屋を訪れたという何よりの証拠だ。

「証拠はもう、十分でしょう……？」

エレオノーラを傷つけたのは、間違いなくディートハルトだ。

それなのにどうして、この男は未だに弟を庇っているのか。

またひと粒頬を伝った悲しみの涙を、ヴォルフガングが親指でそっと拭い取る。

それから鮮血のような紅色の宝石が埋められている自分の腕輪に視線を落とした後、ヴォルフガングは複雑そうに眉を寄せた。

「他には？」

「え……？」

「他には、何も聞いていないのか？」

「他、ですか……？」

質問に質問を返す。

けれどアシュレイは、腕輪についてそれ以上のことは聞いていない。

「何か、あるのですか……？」

あるのなら知りたい。どうせ死ぬのなら、ひとつでも多くの真実を知ってから死にたい。

アシュレイが縋りつくように、男のガウンを握りしめる。

だがヴォルフガングはさらに顔を顰めると、アシュレイの願いを一蹴した。

「……知らないのなら、そのままでいい。それに、知ったところで大した意味はないだろう」

「ですが……っ」

「少なくとも、今のお前には不要な話だ」

またしてもヴォルフガングは、これ以上話すことはないとばかりに、ぴしゃりとアシュレイを拒絶する。

その瞬間、アシュレイは湧き上がる怒りに眦を吊り上げた。

――そうよ。この男はお兄様をも、こうやって。

エレオノーラを傷つけたディートハルトに対する、厳しい処罰を求めたクラレンスを、ヴォルフガングはきっと今のように突き放したのだ。

エレオノーラとともにこの国を訪れたことを、クラレンスがどれほど後悔していたかも知らずに。祖国で知らせを受けて、アシュレイがどれほど嘆き悲しんだかも考えずに。

何よりエレオノーラが、今も王立病院の一室にて眠り続けている大切な姉が、どれほどの苦痛を味わったかも想像せずに。この一年のうのうと過ごしてきたからこそ、目の前の男はアシュレイに自分を憎んでいるかなどと、平気で尋ねることができたのだ。

――でも、この男にはそれが許されるだけの力がある。

悔しい。アシュレイには、それが何よりも悔しくて堪らない。

卑劣な男に涙など決して見せるものかと思っていたのに、悔しさのあまり、またしても目から勝手に涙が零れ落ちてきてしまう。

「どうして……どうして、私の大好きなエレオノーラお姉さまが傷つけられなければならなかったのですか……！」

アシュレイが男の胸をドンと、握りしめた手で力いっぱい叩く。けれどこの屈強な身体には、痛みなど欠片も与えられてはいないのだろう。

――この男が……エレオノーラお姉さまを傷つけた男が、獣人でなければ。

そうであれば良かったのにと、この一年何度もそう思ったほどに、獣の血を引いているダルスタイン王国の獣人達の身体能力は高い。隣にありながら、人間が治めるユスティア王国は、このダルスタイン王国に力では絶対に敵わない。

そして敵わないことを理解しているからこそ、大切な王女を傷つけられても、ユスティア王国には何もできなかった。ヴォルフガングだって、理解していたからこそ、ディートハルトに対する厳しい処罰を求めたユスティア王国の願いを、平気で一蹴することができたのだ。

――獣人より弱い、人間の願いだもの。

仕方のないことだ。国力とはそういうものなのだ。わかっている。

けれど、それでも――。

「エレオノーラお姉さまが、私の大切なお姉さまが……どうして……」

なぜエレオノーラが傷つけられなければいけなかったのか。何もわからないアシュレイは、この一年、自分の情けなさに泣き、悔しさに血が滲むほど唇を噛み締めた。

それでもアシュレイ達は王族だ。私情で国を危険に晒すことは許されない。だからアシュレイもクラレンスも涙を呑み、いつか必ず訪れるだろう機会を待ち続けた。

――そうして、ようやく得られた機会が、この結婚だった。

ダルスタイン王国側から、両国のさらなる発展のためにユスティア王国の王女であるアシュレイを、国王であるヴォルフガングの妻に迎えたいと申し入れられたのだ。

しかし内実は、ユスティア王国の王女を人質代わりに娶《めと》り、一年前の姉の悲劇を完全に水に流させるためのものなのだろうこともわかっていた。

ユスティア王国は、国力の上で自国に優るダルスタイン王国の申し出を断ることができない。その上で絶好の機会だと判断したのは、花嫁となるアシュレイにならば、初夜の褥《しとね》にて、誰にも邪魔されることなくヴォルフガングを殺せる可能性があったからだ。

――目の前の男を……ダルスタイン王国の王を殺す必要が、私達にはあった。

ヴォルフガングが治めているダルスタイン王国には現在、王位継承権を持つ者はひとりしかいない。未だに行方の摑めていない、この男の弟であるディートハルトだけだ。

だからアシュレイが、もしもヴォルフガングの命を奪うことができたならば、必ず、何処かに身を隠しているディートハルトは、王位を継承するために表舞台に姿を現すだろう。

アシュレイ達は、その時こそ本当の復讐を果たすつもりだった。それ以上に、どうして何の罪もないエレオノーラを傷つけたりなどしたのか、決して納得はできないとしても、理由だけはどうしても聞きたいと思っていた。

それなのに――アシュレイは失敗してしまった。

真実を知り、復讐を果たす。そのために一年もの長い間待ち続け、ようやく訪れた機会だったというのに。

――ごめんなさい、お兄さま。

この日のためにマジェリスの毒を用意してくれたクラレンスの努力を、アシュレイは無駄にしてしまった。

——ごめんなさい、お姉さま。

エレオノーラのために真実を知ることも、エレオノーラを苦しめた男に復讐することも、アシュレイはできなかった。

何がいけなかったのか。どうすれば、計画どおりにこの男の命を奪うことができたのか。失敗した今想像しても、もう遅い。アシュレイはもう負けたのだ。

心が絶望一色に染まり、自嘲の笑みを漏らした今のアシュレイにわかることは、ただひとつ。

「……どのようにして、私を殺すおつもりですか？」

今宵、命を落とすのは、アシュレイただひとりということだけだ。

——毒だと、良いのだけれど。

一瞬の苦しみで死ぬことができる毒は、同じ死罪の中でも最も甘い方法だ。

ひと口に死罪と言っても、水の中に沈められる方法もあれば、紐で首を絞められる方法もある。中にはもっと残虐な方法もあるが、今は想像しないでおいた方が身のためだろう。

アシュレイは静かに沙汰を待った。

しかし待てど暮らせど、ヴォルフガングは何も言おうとしない。

「……もしや、迷っていらっしゃるのですか？」

寝室内に流れている重苦しい沈黙を、涙に濡れた涼やかな声が破る。

可愛い我が身のために少しでも心証を良くしようと思うのなら、挑発するような言動は控えるべきだと頭では理解している。理解していてなお、襲いかかる恐怖に耐えきれず、アシュレイの心はつい余計な言葉を滑らせた。

「……獣人王ともあろうお方が、なぜ躊躇などなさるのです」

いっそのこと早く、殺すと言ってくれれば良いのに。廊下の先で待機している騎士に、突き出してしまえば良いというのに。

ヴォルフガングは、まだ口を開こうとしない。ただじっと静かに、アシュレイを見下ろしている。

その視線が、今のアシュレイには何よりも恐ろしくて堪らない。

「私が国王である貴方のお命を狙ったことに、貴方はもう気がついたのでしょう？」

さあ、殺すと答えてしまえ。違う、お願いだからどうか答えて欲しい。

アシュレイの身体が、みっともなく震え出してしまう前に。理性を失った自分が、涙ながらに命乞いをしてしまうよりも先に、どうか早く。

願うアシュレイに反して、ヴォルフガングは未だに何も言おうとしない。

それから、どのくらいの時間が経過しただろうか。

頭から呑み込まれてしまいそうなほど大きな恐怖に襲われ続けているせいで、アシュレイの顔が完全に色を失ったところで、ヴォルフガングは重たげなため息を吐き出した。

「……お前は、俺に殺されたいのか？」

骨に響くような男の低い声に、アシュレイの身体がびくりと跳ねる。

この男は、アシュレイをどこまで馬鹿にすれば気が済むのだろう。

殺されたいわけがない。できることなら生きて祖国に、大切な姉のエレオノーラの元に、アシュレイは帰れるものなら是が非でも帰りたい。

けれど、それはできない。自分の犯した罪の重さを理解しているからこそ、アシュレイはこのまま命を失わずに済む道が自分に残されていないとわかっている。

だからせめて最後までこの男にだけは屈しないでいようと、アシュレイはぎゅうと爪が食い込むほどに手を握り締めると、潤む紅色の瞳で男を睨めつけた。

「どのような方法でも、どうぞお好きになさって下さい」

震えている声を誤魔化すように、低い声を意識しながらゆっくりと告げる。

そしてアシュレイは、沙汰を待つように瞼を下ろした。

――ごめんなさい、エレオノーラお姉さま。

失敗してしまったこと。復讐を果たせなかったこと。何より、もう二度と大好きな姉に会えないことを、心の中でもう一度謝る。

クラレンスの励ましに反して、アシュレイは生きて帰れはしないことを心のどこかで悟っていた。そのために、アシュレイは既に王立病院の一室で眠るエレオノーラに別れを告げてきている。

それでもやはり、いつの日にか目を覚ますだろう時に、姉の側にいられないことが悲しい。

ただただ悲しくて、閉じている瞼から溢れた透明な雫が長い睫毛を濡らし、頬へと静かに伝い落ちた時だ。

「――目を開けろ、アシュレイ」

ヴォルフガングが、鋭い声音でアシュレイに命じた。

その際、アシュレイは初めて名前を呼ばれたことに驚き、屈したつもりもないのについ命令に従ってしまった。

「俺は、お前を殺さない」

ヴォルフガングが不愉快そうに吐き捨てる。アシュレイを見つめる琥珀色の瞳には、静かな怒りが宿っているようだ。

「どうして……」

予想外の返答に動揺するあまり、それ以上の言葉が出てこない。

「お前が俺の命を狙ったことはわかっている。そして、国王の命を狙った者が死罪になることも当然に。……だが、それでも俺は決してお前を殺しはしない」

ヴォルフガングがきっぱりと言い放つ。

「で、ですが……私は……」

「お前が何と言おうと絶対にだ」

なぜなのだろう。これほどまでに、頑なにアシュレイを殺さないと言い切る男の真意がまるでわからない。そのために怯えたように男の様子を窺うアシュレイに、ヴォルフガングは低い声音で続ける。

「どうせお前は何も知らないだろうが、獣人という生き物は総じて番を大切にする」

「……」

「そして、お前が俺の番である以上、俺にお前を殺すことは絶対にできない」

今日一日の間に何度も聞いた『番』という言葉は、果たしてどういう意味なのだろう。

散りばめられた周囲の言葉から想像するに、やはり単なる妻という意味だろうか。

一応、納得はできる。けれど今日妻になったばかりのアシュレイを、ここまで頑なに殺せないと言い募る理由はまるで理解できない。

人間と獣人の認識の違いに疑問を抱き、アシュレイは訝しげに男を見つめ返す。

その瞬間、琥珀色の瞳が獲物を発見した肉食獣のように、またぎらりと輝いた。

「……だが、念願の初夜に命を狙われたのもまた事実だ」

「念願……？」

念願という言葉に違和感を覚えて、アシュレイが小声で問い返す。

しかしヴォルフガングは、問いに答える代わりに唇の端を傲慢そうに吊り上げた。

「そのことまで許せるほどに、俺もお人好しな獣人ではないからな」

獰猛な輝きを放つ男の瞳に、アシュレイの全身が総毛立つ。今まで感じていた死の恐怖とはまた別の、言いようもない恐怖に襲われ、アシュレイの指先が小刻みに震え出す。

だが頬に添えられている男の大きな手は、アシュレイに俯くことを許そうとはしない。

そのために視線を逸らすこともできないまま、男を見つめ続けているアシュレイの鼓膜に、ヴォルフガングは背筋がぞくりとするような艶やかな声をじわりと染み込ませた。

「お前には特別にふたつ、選択肢を与えてやる」

選択肢をふたつ。耳に届いたその台詞だけなら、目の前の男がとても優しい獣人のように思えるだろう。

けれどそれらは、容易に選べるものではないに違いない。

獲物を甚振ることに愉悦でも覚えているかのように輝いている琥珀色の瞳が、実際にアシュレイにそう告げている。

「ダルスタイン王国の王であり、今日夫となった俺の命を奪おうとした罰として、祖国ユスティアを滅ぼされるか。それとも、大人しく俺に抱かれて妻となるか。──選べ、アシュレイ」

ヴォルフガングが提示した、想像を遙かに超える恐ろしい選択肢に、アシュレイは思わず言葉を失った。

大切な祖国を守るために、この男に身体を捧げるか。

それとも自分自身を守るために、祖国を犠牲にするか。

「今日、お前は俺の妻になったのだ。抱かれるのは当然だろう。もしやこの期に及んで、迷っているのか？」

ヴォルフガングは目を細めてアシュレイを見つめると、尋ねる声にはっきりと嘲《あざけ》りの色を載せた。

しかしアシュレイには、到底答えられるはずもない。

──この男は、いったい何を言っているの……？

なぜいきなり、ユスティア王国を滅ぼそうなど思い始めたのだろう。

命を狙われたことに腹を立てたのなら、狙った張本人であるアシュレイを殺せばいいだけの話だ。その前に身体を蹂躙しようと思うあたりは非常に下種《げす》だが、それでも想像ができないわけではない。

だが圧倒的な軍事力を誇りながら、それでもこれまでユスティア王国との友好関係を維持してきたダルスタイン王国が、今さらアシュレイの祖国に攻め入るメリットなど正直あるとも思えない。

「単なる脅しだとでも思っているのか？」

見事に心の中を読まれてしまい、アシュレイが目を見張る。

するとヴォルフガングは、呆れたように肩を竦めた。

「図星のようだな」

「いいえ、そのようなことは……」

「否定しても無駄だ。お前は、今も感情が顔に出やすいようだからな」

今もという言葉に、アシュレイはもう尋ね返す余裕すらない。

「期待されているのに悪いが、俺は本気だ」

「まさか……」

「祖国か。それとも、お前の身体か。俺はどちらでも構わない」

琥珀色の瞳が妖しげに煌めき、歪な愉悦の色をさらに増す。

「だが、お前の選択次第では大切な祖国が血に染まるというわけだ」

「……そのようなことをしたところで、何のメリットもないでしょうに。それでも本当に、戦争を始めるおつもりですか？」

信じられないという思いと、嘘だろうという思いが、アシュレイの心の中にはまだ入り混じっている。

「もしも戦争になれば、血に染まるのはユスティア王国だけではないでしょう。自国の民までもが傷つくことを、貴方は望んでいらっしゃるのですか？」

そうまでしてユスティア王国を滅ぼす必要が、本当にあるのか。アシュレイにはとても理解できない。

けれどヴォルフガングの考えは、どうやらアシュレイとは異なるようだ。

「俺を説得しようとしているのか？」

「いいえ、私はただ……」

「説得しようとしているのなら諦めろ。お前が何を言おうと、俺はお前にふたつ以上の選択肢は与えない」

どちらの案も選ばずに済むような道を探していた、アシュレイの希望を打ち砕くように、ヴォルフガングはぴしゃりと言い放つ。そして男は、唇の端にぞっとするほど獰猛な笑みを浮かべた。

「祖国か。それとも自分自身か。一国の王女として生まれたお前は、どちらを選ぶ？」

精一杯の強がりを見せるように、アシュレイが男をキッと睨めつける。

だがどれだけ睨みつけたところで、状況は何も変わらない。ヴォルフガングがユスティア王国を滅ぼすと決めたら、それまでなのだ。

そこまでわかっていてなお迷ってしまうアシュレイは、きっと王女失格なのだろう。

――わかっている。

従う以外に、アシュレイに選べる選択肢はない。

たとえ目の前の憎い獣人に身体を奪われることが、身の毛もよだつような方法で処刑されるより唾棄《だき》すべきことだとしても、アシュレイは王女だ。王女として生まれた以上、迷わず国を守らなければいけないことくらい当然わかっている。

わかっていてなお返事ができないアシュレイの頬を、指で撫るように撫でるヴォルフガングは、きっと彼女の葛藤を十分に理解しているのだろう。

悩み、苦しむ姿さえも楽しむように見つめる残虐な男に、アシュレイは激しい苛立ちを募らせながらも口を開いた。

「……ユスティア王国を滅ぼさないと、本当に約束して下さるのですか？」

「ああ、約束しよう。お前が俺に身体を差し出すと言うならな」

腰に絡みついている硬い腕を振りほどいて、この場から逃げ出すことができたら。壁に叩きつけられたロケットペンダントを手に取り、チャームの中にあるマジェリスの毒を口にすることができたなら。アシュレイは、どれほど幸せだろうかと思った。

でも、現実はひたすらに残酷だ。

「アシュレイ、身に纏《まと》っているものを全て脱げ」

「そ、れは……」

心のままに、嫌だと拒否の言葉を吐き捨ててしまいたい。良い思い出など欠片ほどしかない祖国より、やはり我が身の安全を優先したい。

「どうした。それともお前はやはり、祖国を差し出すのか？」

けれど祖国には、ユスティア王国の王立病院には、アシュレイの大切な姉がいる。祖国の大地が血に染まる時、王宮の敷地内に建てられている王立病院だけは無事である保証など、きっとどこにもない。大好きな姉に、既に十分傷ついている姉に、さらなる悲劇を見せる選択など、アシュレイには絶対にできない。

挑発するように尋ねる男に、アシュレイは改めて殺意を抱いた。そして激しい怒りの宿る視線をぶつけながら、腰のあたりで結ばれているガウンの紐をしゅるりと解いた。

「……ユスティア王国に、手出しはしないでいただけるというのなら」

アシュレイの身ひとつで大切な姉の平穏が守られるというのなら、辱めでも何でも耐えてみせよう。

アシュレイはふうと静かに息を吐き出すと、羽織っていたガウンをバサリとその場に脱ぎ捨てた。そのまま胸元で結ばれている夜着の紐に、震える指先を掛ける。

深呼吸をした瞬間、肩からするりと滑り落ちた夜着が、足元をふわりと覆った。

しかし肝心な部分はもう一切隠れていない。アシュレイは両腕で身体を守るように、少しだけ隠そうとした。

その刹那、ヴォルフガングは手を伸ばし、彼女の首のあたりに触れた。

「白さと言い、触り心地と言い、まるで新雪のようだ」

素肌に触れた男の手に、アシュレイの身体がびくりと揺れる。

するとヴォルフガングは、その手を鎖骨、肩、二の腕と滑らせた後、薄い脇腹の曲線を淫猥になぞった。

辱めは始まったばかりだ。この先に、何が待ち受けているかもわからない。今泣いてどうするのだと自分を叱咤しようとするも、じっと下腹のあたりを見つめられると、どうしても羞恥に瞳が潤んでしまう。

「……だが、想像以上に細いな」

愚かにも泣きそうなアシュレイに反して、ヴォルフガングはなぜか心配そうに呟き、今度は彼女の腰の細さをたしかめるように撫で上げた。

「本当に入るのか……？　……いや、まあいい。たぶん何とかなるだろう」

ヴォルフガングが独りごつ。そして、アシュレイがその意味を理解するよりも先に、ヴォルフガングは彼女の身体を軽々と持ち上げた。

「きゃ……っ、いきなり何をっ……」

「暴れたら落とすぞ」

立った状態のままアシュレイを抱き上げると、ヴォルフガングは薄暗い寝室の中をサクサクと歩き、大きなベッドの中央に彼女をそうっと下ろした。

驚いたことに、その手つきは思いの外優しい。

しかし覆い被さって来た男に強引に唇を塞がれたところで、アシュレイは男を一瞬でも優しいと思いかけた愚かな自分を恥じた。

「ふ、ぅ……っ」

男の舌が歯列をなぞる。得も言われぬ刺激により、開いてしまった歯と歯の隙間から捕らえた小さな舌を、男が扱きながら吸い上げる。

逃げたいのに逃げられない。捕まえられた舌への刺激に、またしてもぴりぴりとした奇妙な痺れが全身を駆け巡る。

「息を止めるな。いつまでも苦しいままだぞ」

口づけの合間に、男が心配そうに助言する。

心配をするくらいなら、いっそ口づけなどしないでもらいたい。

憎い男に唇を奪われている現状に、怒りと悲しみで、アシュレイの心はもう張り裂けそうだ。

「……口づけだけで泣いてどうする」

いつの間にか、眦《まなじり》から涙が流れ落ちていたらしい。

親指で拭い取ると、ヴォルフガングは眉間に皺を寄せた。

「慣れろ、アシュレイ」

嫌だと言いたかった。慣れるほどにされてたまるかと吐き捨てるはずだった。

それなのにできなかったのは、偶然にもヴォルフガングの琥珀色の瞳の奥に、言い様もない切ない輝きを見つけてしまったからかもしれない。だからといって、初めて身体を許す相手が憎い獣人であるという現実を容易に受け入れられるほど、アシュレイの心は柔軟にできてなどいないのだ。

「やっ、ぅ……んっ」

祖国のために渋々でも身体を差し出すと決めたにもかかわらず、男の唇が首筋を這い出すと、どうしても拒絶の言葉が唇の隙間から漏れそうになる。

そのせいで、もしもまた祖国を滅ぼすなどと言われたら、アシュレイはいったいどうしたらよいのだろう。不安そうに瞳を揺らした刹那、ヴォルフガングがふっと笑みを零した。

「抵抗くらい好きにして構わない」

心の中を読まれたのかと思うほど的確な台詞に、心臓がドクリと跳ね上がる。

身体を差し出させておきながら、抵抗していいと言う男の真意がわからない。

アシュレイが訝しげに見つめ返すと、男は零れている涙を掬うように彼女の眦に唇をそうっと押し当て、酷い言葉を返してきた。

「もちろん、その方が俺はより燃えるからな」

この男は何て暴君なのだろう。

最低な男に対する怒りが、腹の底から湧き上がって来る。募る憎しみから、アシュレイの紅色の瞳が強い煌めきを放つ。

その煌めきに目を細めると、ヴォルフガングはアシュレイの首筋に噛みついた。

「……っ！　い、たっ……」

皮膚の薄いところを噛まれたのだ。相応の痛みがアシュレイを襲った。

わけのわからない行為に、一瞬にして恐怖が心を埋め尽くしそうになる。

けれどぶわりと溢れた涙の向こうで、男のふさふさとした太い尻尾が右へ左へと激しく揺れていることに、アシュレイは初めて気づき、瞳を瞬かせた。

——どういうことなの……？

ダルスタイン王国についても、獣人についても、知識はほとんどないのだ。当然、狼獣人の尻尾が揺れる意味も、アシュレイは知らない。目の前の憎い獣人が今何を思っているかも、さっぱり読み解けそうにない。

それでも一応、多少なりとも想像することくらいはアシュレイにもできる。

——もしかして、喜んでいるの……？

ばさばさと揺れる激しい尻尾の動きは、男の興奮の度合いを表しているように見える。それどころか、むしろ嬉しさを溢れさせているかのようにすら感じられてしまう。まさかそこまで自分を辱めることが楽しいのだろうかと、アシュレイは怒りを通り越して混乱し始めた。

一方、ヴォルフガングは、自身がつけた噛み痕をぺろりと舐めると、何とも嬉しそうに呟いた。

「……これでもう、お前は俺のものだ」

告げられた言葉の意味が一瞬、理解できなかった。

——でも、そういえば。

同じような台詞を、アシュレイは聞いた気がする。

たしかこの男は、結婚式の最中にも同じような台詞を言ってたはずだ。

その真意は何なのだろうと探るように、アシュレイが目の前のピンと立っている大きな三角の耳を見つめた途端、男はもう一度噛み痕をぺろりと舐めると、今度は鎖骨のあたりをきゅうっと吸い上げた。

「……んっ」

吸い上げられた肌に、微かな痛みが走る。

けれど噛みつかれた時に比べれば、驚くような痛みでもない。むしろ肌が焼けるようなちりりとした痛みはむず痒さにも似ており、二回、三回、四回と繰り返されるたびに、全身がじわじわと熱を持ち始めたのはどうしてなのか。

知識として何となく知ってはいる。だからといって決して味わいたくなどなかった感覚に動揺し、アシュレイの眦からこれまでとは違う種類の涙が溢れ出す。

泣きたいわけではないのに、シーツを握り締めていてなお零れ落ちる涙に、アシュレイは唇を噛み締める。

ヴォルフガングはそれに気がつくと、唇を肌から眦へ移動させ、アシュレイが驚きにぽかんとしてしまうほど優しく、透明な雫を唇で拭い取った。

その行動は何を意味するのだろう。憎い男から与えられるものなど痛みだけでいい。辱めることだけが目的なら、優しさなど欠片も見せないでほしい。

そう願い、静かに涙を流したアシュレイの心を知ってか知らずか向けられる優しさに、心臓はドクリと跳ね上がる。

だがヴォルフガングは何も言わず、代わりに一度だけアシュレイの唇にキスを落とすと、今度は呼吸のたびに揺れている双丘へと大きな手を伸ばした。

「これは、想像以上に柔らかいな」

両脇から大切そうに持ち上げた膨らみを、ふるふると震わせる。壊れ物でも扱うような手つきで振動を与えられると、その微かな刺激が頂にまで伝わり、そこから発せられるむず痒い痺れがアシュレイの身体をじんわりと包み込む。

「ぁ、……ふ、ぅ……っ」

先ほどまで首筋を噛み、肌をきつく吸い上げ、まるで獣のような荒々しい行為を尽くしていたというのに、一転してヴォルフガングが始めたどこか優しさのある愛撫に、だめだと思っても身体は勝手に心地好さを見つけ出してしまっているようだ。

細胞のひとつひとつまで蕩けさせるように膨らみを揉み込まれ、五本の指をふにふにと沈み込ませられると、少しずつ微かな嬌声が喉の奥から溢れ出てきてしまう。初めて知る甘いような寂しいような何とも言い難い感覚は、シーツを握り締めても膝を擦り合わせても、どうにもなりそうにない。

「……そろそろ、味わわせてもらおうか」

舌舐めずりをするように自身の唇をぺろりと舐めると、ヴォルフガングは琥珀色の瞳をぎらりと輝かせた。

まるで逃げ惑う獲物を罠にかけるかのように、じわじわと体温を高めさせられた。そのせいでいつの間にかかなり硬度が増した胸の頂を、ヴォルフガングはばさりと音を立てて尻尾を揺らしながら、美味しそうにぱくりと食《は》む。

「あっ、ん……やぁ……っ」

尖る頂を肉厚な舌にねろりと舐られると、腰が跳ねてしまいそうなほどの快感が、胸のみならず背中や下腹の奥までをも襲う。

この男はアシュレイの仇敵だ。憎むべき獣人だ。頭ではしっかりと理解しているのに、熱い舌が乳首を真上から押し潰し、扱くように絡みついてくると、相手は憎むべき獣人だとわかっていても、脳はぐずぐずに蕩けてしまいそうになる。

「ここは、気に入ったか？」

ふっと嬉しそうに笑うその微かな吐息にすらも、尖る頂は敏感に反応する。

「や、ぁ……っ、そこ、だめ……っ」

このような舌足らずな声が飛び出したことに、自分でも驚いた。

再び銜えられた乳首をちゅうっと吸い上げられると、アシュレイはまた甘える子猫のような甲高い声を喉から溢れさせる。

「あ、あぁっ、ん、ぁ……っ」

恥ずかしいのに情けないのに、声を抑えることができない。吸い上げられた状態のまま、ぐりっと舌先で頂を押し潰されると、恐ろしいほどの強い刺激に襲われ、アシュレイは目眩《めまい》がしそうになった。

「良い声だな。もっと聞かせろ」

冗談ではない。誰が聞かせるものか。

ヴォルフガングの舌戯に蕩かされまいと、アシュレイは必死にシーツを握り締めた。

だが頑なその姿に、男は不満を抱いたようだ。不服そうに目を眇めると、一転して意地悪そうな愉悦を瞳の奥に宿した。

「ふ、あぁっ……だめ、なの……っ、一緒に、触らないで……っ」

舐っていないもう片方の頂を、二本の指が摘まみ上げる。先端を何度も撫で回し、くりくりと指の腹を擦り合わせるように動かされると、嬌声を抑えることもできず、アシュレイは爪先でシーツを蹴った。

「なるほど。どうやらお前は、この蕾がだいぶ感じるようだな」

良い発見をしたとでも言うように、ヴォルフガングが笑う。この男の心がまるで読めない。アシュレイの想像していた辱めとは、何かが違っているような気がする。

だがその違いが何かと考えるだけの余裕など、今のアシュレイにはもうない。

指で弄っていたもう一方の乳首も、ヴォルフガングが口に含む。そのまま硬い舌先でころころと転がされると、気持ちが良いのに物足りないなどという、愚かな思いまで抱き始めた。

しまいには、両方の胸の蕾が紅色に染まり、唇を離したヴォルフガングの獰猛そうな瞳がアシュレイを見つめるだけで、下腹の奥がずくりと疼き出す。

——本当に最低だ。

想像以上に快楽に弱い。もしかして自分は、呆れるほどに淫乱なのだろうか。

殺そうと思っていた相手に、殺される以上の悲惨な目に遭わせられているというのに、それでも貪欲なまでに新たな快感を求めてしまう自分の身体が、浅ましくて情けなくて仕方がない。

ぐずぐずに蕩かされている身体とは裏腹に、心は窓の向こうに降り積もる雪のように凍りつき、壊れそうな痛みを発する。眦からも涙がつうっと流れ落ちる。

すると男は、なぜかアシュレイ以上に悲しそうな顔で、彼女の頬にその大きな手をそうっと添えた。

「……もう泣くな、アシュレイ」

何を言っているのだろう。それはヴォルフガングのせいだ。自分を暗殺しようとしたにもかかわらず、殺さずに辱めるこの男のせいで、アシュレイは涙が止まらないのだ。

それなのになぜ、泣くなと告げるヴォルフガングのほうが、泣き出してしまいそうに顔を歪めているのだろう。

辱めようと決めたのは、ヴォルフガングだ。アシュレイが泣けば、不愉快なことに嗜虐心がそそられでもするのかと思ったが、そうでもないらしい。

——だからといって、私の涙が鬱陶しいわけでもなさそうだわ……。

鬱陶しかったら、こんな風に傷ついた顔なんて見せるはずがない。目の前の獣人の心を、アシュレイは今宵、初めて純粋に知りたいと思った。

男の心を探るように見つめる。見つめ合えば見つめ合うほど、彼の頭頂部に生えている黒い三角の耳は、項垂れるかのように伏せられていく。ふさふさとした太い尻尾も、元気をなくしたかのように揺れ幅が小さくなっていく。

耳や尻尾は、まるで感情を表しているかのようだ。憎い男のものだとわかっているのに、アシュレイは何だかとても興味をそそられた。

「お前は、俺が憎いのだろう？」

「……憎くないはずがないではありませんか」

アシュレイの大切な姉を傷つけた男の兄だ。罪を犯した弟を今も庇い続けている卑劣な獣人だ。憎いに決まっている。

それなのに、捨てられそうな子犬のような面持ちで問いかけられると、なぜか胸の奥がチクリと痛む。アシュレイの方が悪いことをしているような、変な気持ちにさせられてしまう。

気まずさに耐え切れず、先に視線を逸らすと、男の節榑立った指が愛おしげにアシュレイの頬を撫でた。

「……そうだな。お前はそれでいい」

アシュレイに話し掛けているようで、自分自身に言い聞かせているようにも感じられる。

どうしてそう思ってしまうのだろうと理由が気になり、アシュレイは男をじっと見つめた。

だがヴォルフガングは、拒絶するように一度目を瞑ると、次の瞬間、琥珀色の瞳に再び獰猛そうな色を宿した。

「お前は、俺だけを憎み続けろ。お前の心の中にいていいのは、俺だけだ」

「それは、どういう意味で……っ、んん——っ！」

問いかけを遮るように、男がアシュレイの唇を強引に奪う。

下唇を甘嚙みし、開いた唇の隙間から強引に、男が舌を捩じ込む。口内を縦横無尽に掻き回す。

舌をきつく吸い上げられて身体をびくりと跳ねさせれば、押さえつけるように乳房を握り締められ、アシュレイは慄いた。

どのヴォルフガングが、本物のヴォルフガングなのだろう。

ほんの一瞬だけ迷ったが、すぐにアシュレイは思い出した。

そうだ、この男はアシュレイの大切な姉を傷つけたあの王弟の兄なのだ。人間に分け与える優しさなど持っているはずがない。卑劣な獣人以外の何者でもないのだ。

憎しみを思い出し、アシュレイは自分に覆い被さる獣人を睨めつけた。

その鋭い視線を受けて、ヴォルフガングは酷く傲慢そうに笑った。

「アシュレイ、祖国を滅ぼされたくないのなら、俺を満足させられるくらい淫猥に乱れてみろ」

「……っ」

満足などさせてやるものか。アシュレイが、キッと男を睨みつける。

だが挑発するように笑った男の次の行動に、アシュレイはぎょっと目を見開いた。

「や、何をなさるのですか……っ」

「味わうだけだ。お前は、好きなだけ乱れていろ」

ヴォルフガングは、必死に抗うアシュレイのしなやかな脚を摑んで強引に割り開き、両脚の間に陣取った後、躊躇いもせず秘められた中心に顔を埋めたのだ。

「い、やぁ……っ！」

羞恥に塗れたアシュレイの叫び声が、広い寝室内に響き渡る。

信じられない。誰にも見せたことのない場所を、間近で見つめられるだけでも死にそうに恥ずかしいというのに、ちゅっと一度口づけを落とすと、ヴォルフガングは肉厚な舌で蜜に潤む花弁を割り開いた。

「やめて……っ、や、あぁっ」

熱い舌がぬるりと這い、ぴちゃりと淫らな音を立てながら秘所を舐め上げる。

「甘いな。それに香りも良い」

既に十分な蜜を溢れさせていたそこが、さらにじゅんと潤む。

暗殺に失敗したことも、その代償として辱めを受けさせられていることも全て、夢であれば良かったのにと思いもしたが、これはさすがに夢であっても嫌だ。

「や、やだ、っ……い、やぁあ……っ！」

あまりの衝撃のせいで、自分の選択次第で祖国に危機が迫ることも思考の外に吹き飛び、アシュレイが拒絶の言葉を思うままに叫ぶ。

「なぜ嫌がる？　色と言い形と言い、本物の紅薔薇にも劣らない美しさだと思うがな」

本当に褒めているのか、単に辱めたいだけなのか。どちらであっても余計でしかない言葉に、しかし下腹の奥は勝手に蜜を溢れさせる。

ぬるりと秘裂を這う舌の動きはやけに丁寧で、花弁一枚一枚の味をたしかめるように食む唇は、アシュレイに恐ろしいほどの快感しか与えない。

「や、あっ、んぁあ……っ」

羞恥と快楽が入り交じり、もう脳が焼き切れてしまいそうだ。

アシュレイは快感を逃がすために身を捩ろうとした。だが片手に太腿を、片手に腰を掴まれている状態では、僅かな身動きさえ許されない。

「……本当に美味いな。これが番の蜜の味か」

まるでアイスクリームでも舐めるかのように、男が幾度も秘裂を舐め上げる。それどころか蜜の溢れ出す膣口に唇を寄せ、さらなる蜜を要求するかのようにじゅうっと吸い上げる。

「――っ、や、あぁぁ……っ！」

あまりにも淫靡な水音に、アシュレイは咄嗟に手で両耳を塞ごうとした。にもかかわらずとても耐えられないほどの快感に、結局またシーツを握り締めてしまう。

尖らせた舌先で蜜口をぐりぐりと抉られると、先ほどとは違う深い快楽の波が身体を襲い、アシュレイは涙まじりに声を上げた。

「やだ、もう……や、あぁっ……」

羞恥が身体をじわじわと炙り、押さえつけられていてなお腰が跳ねる。

心は拒絶しても、貪欲な身体はさらなる快感を求めているようだ。不意に頭の片隅にいる理性がそのことに気づき、このままではだめだと、アシュレイは男の手から逃げ出すべく、思い切り身を捩らせた。

だが、ヴォルフガングの手は、決してアシュレイの身体を離そうとしない。それどころか、逃げ出そうとしたアシュレイに仕置きでも与えるかのように、男は秘裂の上部にある小さな突起をねっとりと舐め上げた。

「……っ、ひ、ぁあ――っ！」

何が起きたのだろう。一気に高みまで押し上げられそうなほどの快感が身体の奥底から湧き上がり、慄いたアシュレイを、ヴォルフガングはさらに追い詰めようとする。

「ふ、あぁぁっ……それ、だめ……っ」

ヴォルフガングは小さな蕾を包む莢ごと口に含み、肉厚な舌で押し潰すように執拗に捏ねる。雷のような鋭い痺れがアシュレイの全身を駆け抜け、目の前には火花のような光がパチパチと弾け飛ぶ。

「女は皆、ここが好きだと話に聞いてはいたが、お前も悪くなさそうだな」

脳を直接揺さぶられるかのような強い衝撃のせいで、ヴォルフガングが何を言っているのかまるで理解できない。

わけもわからず、ただ「だめ」とばかりを繰り返すアシュレイの見開いた目から、また透明な雫が零れ落ちる。下腹の奥からは、とぷりと甘い蜜が溢れ出した。

「もう、ぁ、んぁあっ……っ、変になる……っ」

アシュレイの叫びに、ヴォルフガングはふっと吐息だけで笑うと、次の瞬間、莢ごと花芯をじゅううっと吸い上げた。

「――っ！」

途端にふわりと空に投げ出されたかのような感覚に陥り、アシュレイは声も出せずただ滑らかなシルクのシーツを爪先で蹴った。腰も勝手に跳ねて、背中も弓なりに反る。

そして力の抜けた身体をベッドに深く沈み込ませると、ヴォルフガングはばさばさと尻尾を揺らして問いかけた。

「そう悪いものでもなかっただろう？」

辱めに良いも悪いもない。まんまと思いどおりにされてしまい、悔しさや腹立たしさでいっぱいのアシュレイは、言葉を返す代わりにふいと横を向いた。

なけなしの矜持が、心まで屈服しないよう押し止めたのだ。

けれどそのせいで、アシュレイは琥珀色の瞳が獰猛そうに輝いたことに気づけなかった。

太腿まで蜜に濡れている状態だというのに、ヴォルフガングは再び下肢の間に顔を寄せたのだ。

「……っ！　やっ、もういやぁ……っ」

「お前は身体が細すぎるからな。多めに達《い》かせておいても、損はないだろう」

真剣な声でそう告げるヴォルフガングに、アシュレイは思わず絶句した。

そして慄き、無意識に逃げ出そうとした刹那、ヴォルフガングは秘裂の上部に親指を当て、そのままそうっと何かを上方にずらした。

「――っ！」

莢を剝かれた花芽を、形の良い唇が包み込む。

その瞬間身体に走った強烈な痺れに、腰はびくりと跳ね、シーツを摑む手にもいっそう力が入った。

「ひ、あぁぁ……っ、やぁっ、だめ……っ！」

さっきよりもずっと鋭い快楽に、身体も心もどうにかなってしまいそうだ。

腰を摑まれているために逃げ出すこともできず、アシュレイはいやいやと首を横に振った。

にもかかわらず、肉厚な舌は膨れた蕾の形をたしかめるようにじっくりと舐め上げる。かと思えば、硬く尖らせた舌先で弾き、ぐりぐりと突き回し、弾力を思う存分味わう。小さな一点から大きな快感が湧き上がり、身体のみならず脳までもが快楽に染まり始めた。

「ぁ、んぁあ……あっ、もう、っ……」

良いのか悪いのかもわからない。官能の渦に巻き込まれ、喉は拒絶の言葉ではなく、強請《ねだ》るような響きを持つ嬌声ばかりを溢れさせる。髪を振り乱しても抑えることができない。

それなのに、ヴォルフガングはまた剝き出しの花芯をきつく吸い上げ、甘嚙み程度に歯を立てる。その瞬間、アシュレイの視界に白い光の粒がパアッと飛び散った。

「……っ、ぁ、あぁぁ――っ！」

背がシーツから浮き上がり、まるで意思を持つかのように腰ががくがくと跳ねる。全身をも戦慄《わなな》かせる快楽に、アシュレイは思考も感情も全て奪い取られてしまった。

頂まで昇り詰め、ふっと力の抜けた身体をベッドに沈み込ませ、ゆっくりと瞼を閉じる。呼吸は荒いのに、頭はまるで雲の中を漂っているかのようにふわふわとしていて、もう目も開けられないほどに眠い。

誘われるままに、眠りの世界に引きずり込まれてしまいそうだ。アシュレイは羞恥も憎しみも忘れて、心地好い波に揺られた。

その時、とろとろと蜜を零し続けている隘路《あいろ》に、ヴォルフガングが節榑立った指をくちゅりと押し込んだ。

「ひ、ぅ……っ！」

アシュレイの身体が、その瞬間一気に強張る。

「まだ、一本しか入れていないが……やはり痛むのか？」

ぼやけた視界に、ピンと立った黒い三角の耳が映り込む。ヴォルフガングの注意深く観察するような視線と自分を案ずるような問いに、アシュレイは戸惑った。

「あ、あの……ええと、その……」

そもそも辱めとは、こういうものだっただろうか。何が正しいのか、何が間違っているのか、段々わからなくなってくる。

しかしそれでも、この男は獣人だ。

「アシュレイ？」

心配そうな声でアシュレイの名を呼んだとしても、アシュレイの仇敵であることに変わりはないはずだ。

──何を戸惑っているの。

大切な姉の悲しみを、エレオノーラの苦しみを忘れたのか。忘れて良いはずがないだろうと唇を噛み締める。

しかしアシュレイの答えを求めるように、ヴォルフガングは蜜壺に埋めている指をぐるりと回す。

「ふ、ぁ……っ」

「アシュレイ、痛まないなら続けるぞ」

「えっ……や、待って……」

痛むかもしれない。いや、やはり痛まないかもしれない。とにかく異物感が強い。身体の中に他人の指が埋められているという状況を理解した途端、慄くほどの恐怖を覚えてしまい、眠気が一気に冷める。

──もしも今ここで、私が痛いと告げたらどうなるのだろう。

この辱めは終わるのだろうか。甘い希望が、ちらりと胸を過る。

だがアシュレイには、痛いと言い切ることがどうにもできなかった。

傲慢な言葉とは裏腹に、自分を見つめているヴォルフガングの瞳が酷く心配そうに揺れていたせいだ。

兄や姉以外の人間に心配されることに慣れていないアシュレイにとって、案ずるような視線も見せられる気遣いも、大いに動揺を誘う材料となり、その結果、紅色の瞳は不自然なほどに揺れる。

すると、ぐっと眉を寄せて、ヴォルフガングは低い声で告げた。

「言っておくが、ここまで来てお前を逃がすつもりはないぞ」

「別に私は、逃げようとなど……」

いや、本当は少しだけ思っていた。一瞬であっても、逃げられるものなら逃げたいと考えてしまった。

祖国を滅ぼすと脅されていたにもかかわらず、つい保身に走りそうになってしまったことをぴしゃりと指摘され、アシュレイは自分の愚かさを思い知り、悔しさに唇を噛む。

「……やめろ、そんなことしたらお前の唇に傷がつくだろう」

その途端、ヴォルフガングは不愉快そうに顔を顰めると、指でアシュレイの唇を割り開き、口内に指先を滑り込ませた。

「んっ……ぁ、なにを……？」

「噛みたいのなら俺の指を噛め」

この男は何を言っているのだろう。

いくら身体能力の高い獣人であろうと、指を噛まれたらさすがに痛いはずだ。わけのわからない男の行動に困惑した刹那、潤う蜜洞に押し込まれていたヴォルフガングの指が、くちゅりと淫靡な水音を立てながら動いた。

「……っ、んんっ……」

「それほど辛くないのなら続けるぞ」

蜜洞に埋められている指が、徐に内壁を擦り始める。とろりとした蜜を粘膜に塗り込め、少しずつ狭い中を解され、アシュレイは何とも言えない奇妙な感覚に襲われ始めた。

そして指は動かす範囲を段々広げて、蜜壺からぬるりと抜け出ては、またくちゅりと音を立てつつ入り込む。

その繰り返しにアシュレイが眉を寄せると、口内に差し込まれている指が小さな舌をぬるぬると弄い出した。

「ぁ、ふ……ぅ、っ……」

男の指が、唾液を塗り込めるように優しく味蕾をなぞる。そのまま今度は上顎の粘膜を擦るように擽り、何とも言えないぞくぞくとした痺れを走らせる。その痺れが背中を駆け上がるにつれて、アシュレイの眉間に寄っていた皺も徐々に消えていった。

「お前の中は、上も下も蕩けそうなくらいに温かいな……」

ヴォルフガングが、恍惚とした表情で呟く。どうやら彼の背後に見えるふさふさとした太い尻尾は、またしても右に左にと忙しなく揺れているようだ。

酸欠で頭がぼんやりとする中、アシュレイが見るとはなしにその様子を眺めていた時だ。

「っ、んんっ、ふ、ぅ……」

蜜洞に二本目の指が埋められ、身体が再び強張る。

それと同時に、今度は微かな痛みと相応の圧迫感がアシュレイを襲った。

「アシュレイ、息を詰めるな」

琥珀色の瞳が心配そうにアシュレイを見つめる。

けれどアシュレイだって、好きで息を詰めているわけではない。少しでも力を抜いた方が、きっと痛みも軽くなるのだろうと頭では理解している。それでも身体は初めて受け入れる異物に戸惑い、思いどおりになってくれないのだ。

「つ、……ん、ぅっ」

憎い獣人なのに、殺したかった男だというのに、もうどうしたらいいのかわからない。

アシュレイは濡れた瞳で、つい縋るようにヴォルフガングを見上げた。

「ふ、ああぁ……っ」

その直後、男の親指がくりゅんと膨れている花芽を転がした。

同時に口内から指が抜かれ、その指を追いかけるように、アシュレイの喉から甘い嬌声が溢れ出す。

「ああ、やはりお前はここが好きらしいな」

ヴォルフガングが安堵したように言う。それから男は、既に二度も達して顔を覗かせている敏感な秘玉へ、蜜壺から溢れ出した蜜を塗り込めるように、親指をぬるぬると動かし始めた。

「あ、ぁあっ……そこ、だめなの……っ」

快楽の味を覚えてしまった秘芽が、ごつごつとした指に転がされて熱を持つ。下腹の奥からも、また粘着性のある蜜がとぷりと溢れ出す。脳を蕩かすような甘い痺れが全身に走り、シーツを握りしめていてもつい、腰が淫らに踊ってしまう。

「アシュレイ、そういう時は良いと言え」

「やっ、……い、やぁっ、あぁ……っ」

憎い獣人にされている淫らな行為を、良いなどと絶対に言うものか。完全に失いかけていた矜持が僅かに甦り、アシュレイは否定の言葉を口にする。

だがアシュレイの抵抗は、目の前の男の嗜虐心を煽るだけなのか。ヴォルフガングはふっと口端に笑みを浮かべると、親指で器用に花芽を弄りながら、蜜壺に押し込めている二本の指で狭い中を掻き回し始めた。

「ふ、ぅ……あぁっ、それ、っ……苦しい、の……っ」

強張る媚肉を解すように指をばらばらに動かされると、急速に圧迫感が甦り、アシュレイの眉間にも再び皺が寄る。その眉間の皺を取り除くように、ヴォルフガングは真っ赤に腫れた秘玉を押し潰す。

「心配するな。たしかこの辺にも、女の好きな場所があると聞いている」

両脚を開かされた状態で襲う圧迫感に、アシュレイが顔を歪める中、思案するように首を傾げていたヴォルフガングの指が、蜜洞を探るように蠢いた。その直後のことだ。

「――っ！　はぁっ……ぁああ……っ」

今までのものとは明らかに違う凄まじい痺れが、蜜壁からぶわりと這い上がってきた。

「や、だめ……っ、そこは、ん、ぁっ、ああ、っ……！」

シーツを握り締めていてもとても耐えられない衝撃に、広いベッドの上で輝いている長い銀色の髪が波を打つように広がる。

「なるほど、ここが良いのか」

ヴォルフガングはひとり納得したように呟くと、見つけ出した一点を、二本の指でひたすら抉るように擦り続けた。

「は、ぅあっ……あっ、もう、変になっちゃ……っ、んぁあっ」

段々内腿がひくひくと痙攣し始める。下腹の奥は、まもなくやって来る解放の時を今か今かと待ち侘びるように、激しく疼き始めた。

「変になればいい。お前の全てを俺だけに見せろ、アシュレイ」

鼓膜に熱い言葉の響きが届いた瞬間、ヴォルフガングは再び下肢の間に顔を埋め、剝き出しの花芽に吸いついた。併せて秘玉の裏をぐりっと指で押し上げられると、目の前にいる男が憎い獣人だとわかっていても、アシュレイは泣きながら助けを求めてしまいそうになる。

けれどそれよりも先に、深い官能を呼び起こす蜜壁の一点を指の腹で擦られた途端、アシュレイは今までよりもさらに強烈な快楽の波に攫《さら》われた。視界は真っ白に染まり、雲の上にいるかのような浮遊感に襲われる。

「は、ぁ……は、あ……」

達したことで心臓は大きく鼓動し、唇からは荒い吐息が零れ落ちる。

「アシュレイ、上出来だ」

ベッドに沈み込むアシュレイの唇に、ヴォルフガングは己のそれをふわりと押し当てた。

——でも、別にこれは……。

憎い男の唇を受け入れるつもりなどさらさらないというのに、咄嗟に顔を背けることができなかったのは、指一本動かせないほど身体に力が入らなかったからだ。理由はそれだけであり、それ以外の理由など存在していいはずもない。

ヴォルフガングはアシュレイの大切な姉を傷つけた男の兄であり、そして罪深い弟を庇い続ける憎い獣人に他ならない。

頭も心もたしかにそう理解しているはずなのに、眦から涙が溢れてしまうのはいったいどうしてなのだろう。

憎い男から痛み以外のものを与えられ、最終的に快感として受け取ってしまった淫乱な自分に失望したからか。それとも、十八年間守り続けてきた純潔を奪われつつあることに絶望しているからか。

——どちらであったとしても、私は悔しい。

この男に涙を見せてしまっていることが、祖国や誰よりも大切な姉のために強くいられないことが、悔しくて不甲斐なくて情けなくて、つうっとまた流れ落ちた涙を、ヴォルフガングは唇で拭い取る。

まるで泣くなというかのような仕草が、アシュレイには不思議で仕方がない。

——私が泣いたら、何だというの……？

辱めを強いる男に聞いても無駄に違いないのに、悲痛そうに眉を寄せているヴォルフガングの姿を見ると、アシュレイの胸の奥はなぜかチクリと痛む。その胸の痛みに戸惑い、アシュレイが逃避するように視線を逸らせると、ヴォルフガングは羽織っていたガウンを手早く脱ぎ捨て、鍛え上げられた身体を晒した。そして彼女の両脚を抱え上げる。

「どうせ泣くなら、この後にしておけ」

「え……？」

「お前の身体は細い。だから悪いが、かなりの痛みを与えてしまうだろうな」

そう言うやいなや、ヴォルフガングは潤む蜜口に滾《みなぎ》る欲望を押し当てた。

そして火傷してしまいそうなほどの熱にアシュレイが身体を強張らせるよりも先に、ヴォルフガングは腰を押し進めた。

「――っ！　ひ、ぅ、っ……」

硬い屹立の侵入し始めた蜜口が、焼かれるように熱い。全く大きさの合っていないものが強引に埋められ、引き伸ばされた粘膜にずきずきと痛みが走る。

その痛みは想像していた以上に大きく、幸か不幸か、憎い男に今まさに純潔を奪われているのだという胸の痛みさえも、アシュレイの中から消し飛ばしてしまった。

「い、た……っ、ぅ……っ……」

限界まで見開いたアシュレイの目から、涙がぼろぼろとこぼれ落ちる。太さも長さもあるものがずぶずぶと侵入してきて、蜜洞はその異物を追い出そうと必死に蠢いた。

それでも段々と痛みを伴いながら蜜壺が男を受け入れ始めると、ヴォルフガングは苦しげに眉を寄せて、慎重に雄茎を押し進めた。

「アシュレイ、痛いなら俺の身体に……、爪を立てろ……」

熱い雄芯を沈み込ませながら、ヴォルフガングは身体をゆっくりと倒してきた。そしてシーツから無理矢理剝がしたアシュレイの手に、自分の二の腕を摑ませる。

理性を失っているアシュレイは、ただ痛みに耐えるためだけに、その腕に爪を立てた。

その刹那、ヴォルフガングは辛そうに汗を垂らしていたにもかかわらず、ふっと笑った。

「つ、……ああ、上出来だ。そのまま、俺の腕に爪を立てていろ」

腕に痛みを感じているはずなのに、ヴォルフガングは嬉しそうに口角を上げる。

一瞬だけ我に返り、アシュレイは彼のその表情を不思議に思った。しかしヴォルフガングが再び腰を押し進めたのと同時に、またしても痛みで何も考えられなくなる。

「ぁあ……っ、ぅ……くっ」

小さな蜜口に埋められた硬い雄茎が、狭い中を強引に押し広げる。敏感な粘膜を擦り上げ、ぐぷぐぷとその全てを埋めようとする。

そうして最後にぐぐっと押し込まれ、鋭い痛みとともに太い楔の切っ先が最奥をごつりと突いた。

「……っ、はあ……全て、入ったぞ……」

ヴォルフガングが額から頰に掛けて汗を滴らせ、苦しそうに息を吐き出す。

その僅かな動きにすらも痛みを覚えてしまい、アシュレイは握りしめている男の腕に、再び縋りつくように爪を立てた。

「待って……っ、動か、ないで……」

全てを埋められた狭い蜜壺は、男の僅かな動きにすらもずきずきと痛みを発する。男のものの圧迫感は、指とは比べ物にならないほど凄まじく、アシュレイは胸の中の恐怖をぶつけるようにヴォルフガングに縋りついた。

そのヴォルフガングこそが憎い獣人であり、今し方アシュレイの純潔を奪った卑劣な男であると頭の片隅では理解していても、本能が彼に助けを求めさせたのだ。

「心配するな。お前のここが、俺の形に慣れるまでは動かない」

「本当、ですか……？」

「ああ。……だから、安心しろ」

不安そうに紅色の瞳を揺らしながら問いかけたアシュレイに、ヴォルフガングが生真面目な声音で返す。それから彼は大きな手でアシュレイの頰を包み込むと、流れていた涙を親指でそうっと拭い取った。

「……アシュレイ、よく耐えてくれたな」

偉かったと褒めるかのような呟きを漏らすと、ヴォルフガングは涙で濡れているアシュレイの眦にふわりと唇を落とした。優しく包み込むような熱を宿す琥珀色の瞳で、アシュレイを深く見つめる。その瞬間、アシュレイの心臓はトクリと音を立てて跳ねた。

——今のは、なに……？

いったい、自分の心臓は何に反応したのだろう。戸惑い、目を泳がせるアシュレイの顔に、ヴォルフガングは再び唇を落とす。

「んっ……」

眦、額、瞼に鼻先。正直どの部分に口づけられても擽ったい。だが不思議と、アシュレイの胸の奥はキスを繰り返されるたびにじんわりと温まっていく。

そしてアシュレイがしっとりと重ねられた唇を流されるままに受け入れると、頬からするりと離れた男の手が彼女の乳房を包み込んだ。

「ん、あ……」

男がパンを捏ねるように乳房を揉みしだく。膨らみはマシュマロのように柔らかで、男の手の中でやんわりと形を変える。ふるふると揺すられ、勃ち上がった頂にも緩やかな振動が与えられる。穏やかな刺激は心地好く、アシュレイの身体をじわじわと温め始め、段々と彼女の眉間から刻まれていた皺が消えていった。

再び喉の奥から甘い嬌声が溢れ出し、紅色の瞳も気持ちよさそうにとろんとしだしたあたりで、ヴォルフガングは柔らかさを堪能していた乳房から手を離すと、今度はその頂に指を滑らせた。

「あっ、ぁ……っ、それ……んっ」

ぷくりと赤い胸の果実を指でなぞるように擽られ、大きな痛みにより失われていた快感が、またアシュレイの身体の中に芽生え始める。

「どうだ、ここならお前も気持ちが良いだろう？」

ヴォルフガングが嬉しそうに問い掛けるので、アシュレイは無意識に頷いてしまいそうになった。

「ぁ、あ、っ……んぁ、あっ……」

胸の蕾を指の腹であやすように可愛がられると、蕩けてしまいそうな快感が身体中に広がる。もっと深い刺激が欲しいと強請るように下腹の奥が疼き、埋められている太い屹立をきゅうきゅうと締めつけてしまう。

「……っ、まずいな。これは、我慢ができなくなりそうだ」

慌てたように息を詰めると、ヴォルフガングはぐっと眉を寄せ、苦しそうに息を吐いた。アシュレイはその熱い吐息に身体を擽られてしまい、蜜壺を押し広げている硬い雄芯をまたきゅうと締めつける。

「くっ……アシュレイ、悪いが動くぞ」

切羽詰まったような声で性急に告げると、ヴォルフガングはアシュレイの返事も待たずに腰を揺すり始めた。

「あっ、あ……んぁ、あっ」

下腹の奥が熱い。じりじりと焼けるような熱が蜜壺全体を襲う。おまけに胸の頂を弄られながら滾る欲望を押し込められると、呼応するように蜜壁がまた雄芯を締めつけ、いても立ってもいられない痺れが身体に走る。

にもかかわらず剛直を入り口付近までずるりと抜かれてしまうと、今度は下腹の奥が物足りなさを覚え、行かないで欲しいと縋るように切なく疼く。

「あ、ふ、ぁっ……ん、あぁ……っ」

喉の奥からは絶えず嬌声が零れ、とろりとした蜜を纏った屹立に貫かれるたび、凄まじい熱が背筋を駆け上がる。

「本当に、夢のようだ……っ」

腰をずぶりと押し進めては引き抜きながら、ヴォルフガングが恍惚とした表情で独りごつ。

「番の、お前の中は、堪らないな……」

今宵幾度目かの『番』という単語の意味も気になって仕方ない。今まで馴染みのなかった言葉だからこそ、余計にその意味を尋ねてみたいと思う。けれど今のアシュレイに、その余裕はない。

「は、あぁっ……ん、ぁあ……あっ」

楔に突かれる最奥が熱い。溜まり続けている快感が風船のように膨らみ、激しく揺れている尻尾に擽られることで、下肢さえも快楽に戦慄いてしまう。

さらなる刺激を求めるように、媚肉が男をきゅうきゅうと締めつけていると、ヴォルフガングは弄い続けていた胸の頂から指を離した。そしてアシュレイの頬に手を添えると、快楽に染まる紅色の瞳を深く覗き込む。

「アシュレイ、俺の名を呼べ……っ」

まるで心の底から懇願するような声音だった。

「俺の名を呼んでくれ、頼む、アシュレイ……っ」

今にも泣き出してしまいそうでありながらも、どこか捨てきれない期待を抱いているかのように輝く琥珀色の瞳が、アシュレイだけをじっと見つめる。

——どうしてなのだろう。

なぜ彼は、アシュレイに名を呼ばれたいと思うのだろう。自分の命を狙った弱い人間の女を辱めて楽しむだけのはずなのに、意味がわからない。

けれどアシュレイは、流されるままに縋りつくように彼の首に腕を回した。そして衝動に駆られるままに唇を震わせる。

「……ぁ、っ……ヴォルフガング、さま……ぁ……っ」

その瞬間、蜜洞に埋められているヴォルフガングの熱い雄茎は、ぐんと質量を増した。

よりいっそう膨れた屹立が、ずくりと最奥を突き上げる。根元まで自身を埋めるように、何度も何度も蕩ける媚肉の中を進んでは戻る。

やがて、またアシュレイの視界には白い光の粒が飛び散った。同時に弓なりに反ろうとするアシュレイの身体を、ヴォルフガングは離さないとばかりに腕の中に閉じ込める。

「アシュレイ、っ……受け取ってくれ……っ」

搾り取るような蜜壁の蠢きに誘われるまま、雄芯が熱い飛沫をアシュレイの腹の奥に叩きつける。憎いはずの獣人の迸《ほとばし》りを下腹の奥で受け取り、アシュレイはさらなる快楽の高みへと押し上げられ、雲の上に投げ出されたかのような浮遊感を覚えた。

そしてくたりと身体から力が抜けたところで、今度は急速に心地の好い眠りの世界に誘われる。

その刹那、閉じた瞼に口づけられたことも、ヴォルフガングがどのような顔をしていたのかも、眠りの世界に落ちたアシュレイは知らない。

第二章
心地好い微睡と波間に漂う心

紅い瞳は、悪魔の瞳。

悪魔の瞳は、人間の心を惑わせる。

そして惑わされたら最後、悪魔に魂を奪われる。


誰が言い始めたのか、実際に魂を奪われた人間が存在するのか。たしかなことは不明のまま語り継がれてきたそれを、ユスティア王国の人々は、迷信のようなものだと思っていたのだろう。

……十八年前までは。

十八年前の初雪が降った冬の夜。ユスティア王国を治める王家に、ひとりの女の子が生まれた。

夜空に昇る月のように輝く銀色の髪を持って生まれて来たその女の子は、アシュレイと名づけられ……そして王女として、皆に愛される存在となるはずだった。

彼女の瞳が、迷信に登場する悪魔のような紅色でなければ。


「エレオノーラ、お姉さまぁ……」

入室の許可を得るよりも先に開かれた扉の向こうから、暖かな室内へと飛び込んで来た小さな生き物に、ふたつ年上の姉であるエレオノーラが目を丸くする。

「まあ、アシュレイったらどうしたの？」

刺繍の練習のために手に持っていた針と糸をテーブルに置くと、エレオノーラはソファから立ち上がり、十歳になる妹の元に駆け寄った。

「それに、これって……枯れ葉よね？」

さらりと真っ直ぐ伸びた銀色の髪には、幾枚もの小さな枯れ葉が絡みついている。エレオノーラは髪の束をひとつ掬い上げて、不愉快そうに眉を寄せた。それから妹の髪をいたずらに飾る枯れ葉を、一枚一枚丁寧に落とした後、エレオノーラは悔しそうに涙をぼろぼろと零している、自分よりも小さな身体をぎゅうっと抱きしめた。

「いったい誰が、貴女にこんなことをしたの？　今日、王宮に来ていらっしゃる方というのなら……やっぱりガルディアス公爵令嬢かしら？　ああ、そういえばベルヴァン公爵令息も来ていらしたわよね？」

腕の中でふるふると身体を震わせている妹に、問いかける姉の表情はとても険しい。

それはきっと既に確信しているからだろう。名前を挙げた者達……ガルディアス公爵令嬢やベルヴァン公爵令息といった、王妃を輩出したことのある由緒正しい家柄の子供達が、挙ってアシュレイに嫌がらせをしていると。

「お姉さまっ……わたし……」

涙に覆われた紅色の瞳を揺らしながら、アシュレイが小さな手で姉のドレスを握りしめる。

そんな妹を宥めるように、エレオノーラは彼女の背中を優しくぽんぽんと擦り続けた。

ソファに腰を下ろしたアシュレイが、ようやく落ち着きを取り戻した頃。室内に控えていた侍女達を下がらせると、姉は自ら淹れた温かな紅茶入りのティーカップを、妹の小さな手に握らせた。

「アシュレイ、はい。これを飲めば、身体が温まるわ」

「ありがとう、お姉さま……」

アシュレイは泣き腫らした目のまま感謝を伝えると、口元に押し当てたティーカップをゆっくりと傾けた。

口の中に流れ込んで来た紅茶は、エレオノーラの言うとおり温かい。加えてふわりと漂う香りは、身体を柔らかく包み込み、まるで大好きな姉のようだとアシュレイは思った。

「それで、何があったの？」

自身も同様に紅茶を味わっていたエレオノーラが、ティーカップをテーブルの上のソーサーに戻し、アシュレイを見つめる。

きっと姉は、アシュレイが話すまで待ち続けるのだろう。

姉と妹は暫し見つめ合い、やがて自分とは違う空色の瞳の強さに背中をしっかりと押されたところで、アシュレイは息を吐き出してから呟いた。

「……ガルディアス公爵令嬢とベルヴァン公爵令息が、わたしのことをね……その……」

「悪魔の瞳と言ったのね？」

「そう。それでね、突き飛ばされたの……」

空から雪が降りそうだと聞き、アシュレイは初雪を見ようと王宮内の庭園を歩いていた。そして不幸にもその場に居合わせた彼らに、枯れ葉の中に突き飛ばされたのだ。

――わたしの瞳が、悪魔の瞳だから。

古くから国内で語り継がれてきた迷信どおりの紅い瞳を持つアシュレイのことを、悪魔の子供だと噂する者は悲しいくらいに多い。

それでも、ある程度の年齢に達した人間であれば世間体を考え、アシュレイを敬遠するに止まるのだが、まだ幼い子供達は違う。彼らはその無邪気さのままに、彼女を悪魔の子供だと大胆にもはやし立て、排除しようと直接攻撃をしてくるのである。

だが悪魔の子供と噂されていようと、アシュレイはユスティア王国の第二王女だ。

本来ならたとえ高位の貴族家の子供であろうと許されないはずの蛮行が、これまでに幾度も見逃されてきているのには悲しい理由があった。

「それとね……お母さまも、わたしのことを悪魔の子供だと仰《おつしや》っていたって、言われて……」

口にするのも悲しい言葉に、またひと粒アシュレイの頬を涙が伝う。

他でもない母である王妃が、紅い瞳を持つアシュレイを毛嫌いしているのだ。そして国王である父は、多忙を理由に子供達に関心すら持とうとしない。十歳年の離れた兄のクラレンスだけはアシュレイにも優しいが、だからといって表立って妹を庇うこともない。ゆえに今現在まで、王女に対する蛮行は全て見逃されてしまっている。

「でも、わたしは決して悪魔の子供じゃないのに。わたしは、誰かの魂を奪ったりなんてしないのに……」

それなのにどうしてなのだろう。

敬遠や嫌がらせをされる理由は理解していても、決して納得はできない。持って生まれた紅い瞳は、アシュレイにはどうすることもできないのだ。

悲しい気持ちと悔しい気持ちが入り混じり、涙を流しながら唇を噛むアシュレイの肩を、隣に身を寄せてきたエレオノーラがそっと抱き寄せる。

「そうね、アシュレイの言うとおりよ」

「お姉さま……」

「いい？　アシュレイ、貴女は悪魔の子供ではないの。貴女は、わたくしの可愛い可愛い妹ですもの」

エレオノーラは抱き寄せた妹の肩をぽんぽんと叩く。惜しみなく注がれる愛情に、アシュレイの眦からまたひと粒、涙が滴り落ちる。

多くの人間に敬遠され、時に嫌がらせを受けるアシュレイをただひとり、いつでも温かな愛情で柔らかく包み込んでくれる存在。それがアシュレイの大切な姉のエレオノーラだった。

なぜだろう。頬のあたりが濡れたように冷たい。

もしや自分は、涙を流しているのだろうか。

でも、いったいどうして。柔らかな眠りの世界を彷徨いながらぼんやりと考えているアシュレイの頬が、今度はふわりと温かくなる。

「ん……」

何かが頬を包み込んでいるようだ。だとしたらこの感触は手だろうか。

「……んっ」

続いて何かがアシュレイの頬をゆるりと撫でた。まるで壊れ物にでも触れるかのような手つきは、少しだけ擽ったい。でも優しさの溢れるその手触りに、心はぽかぽかと温まってくる。

アシュレイにこれほどの幸せな温もりを分け与えてくれるのは誰なのだろう。

瞼を閉じたままゆっくりと答えを探し、そしてアシュレイは徐に唇を開いた。

「お姉さま……」

そうだ。きっと姉のエレオノーラに違いない。

アシュレイを心の底から愛してくれている姉ならではの行動だと思い、無意識に口元をふにゃりと緩ませた時だ。

「……アシュレイ、目が覚めたのか」

聞こえてきたのは、想像よりも遙かに低く、勇ましさすら感じられる声だった。

——お姉さま……？

いや、違う。姉ではない。アシュレイの大好きな姉の声は、もっと咲き誇る花のように美しく、晴れ渡る空のように透きとおっていたはずだ。

これが姉の声ではないとして、エレオノーラ以外に自分にこれほどの愛情を注いでくれる存在などいただろうか。

——じゃあ、いったい誰なの……？

それが誰であるのかをたしかめてみようと、閉じていた瞼を開いた。

次の瞬間、アシュレイが首を傾げる。

「……？」

この目の前の肌色は何だろう。

まだ頭がはっきりとしていないために、アシュレイは即座に理解することができない。そして触れたところで、ようやく気がついた。

——これはたぶん、誰かの肌だ。

指先から伝わる温度や、押すたびに感じられる適度な弾力から考えて、その推測で間違いはないだろう。とは思うが、そもそもなぜアシュレイの側で誰かが素肌を晒しているのか。

ううんと首を捻りつつ、またしても触り心地の好いその肌を指でつうっとなぞった刹那、アシュレイの頭上あたりから獣のような唸り声が降り注いだ。

「アシュレイ……もしやお前は、俺を誘っているのか？」

「え……？　誘う……？」

誘うとはいったい何のことだろう。顔を上げたところで、アシュレイはその目を大きく見開いた。

「あ……」

黒い三角の耳をピンと立たせたヴォルフガングが、ぎらぎらと恐ろしいほどに輝く琥珀色の瞳で、アシュレイを鋭く見つめていたのだ。

――どうして忘れていたのだろう。

心臓がドクリと激しく脈を打つ。

そうだ。アシュレイは昨日、この男の妻となってしまったのだ。

真白い雪が降り止まぬ中、ダルスタイン王国の荘厳な大聖堂にて執り行われた結婚式から、その夜の出来事まで、一気に全てを思い出したアシュレイの顔が真っ青になる。それとともに小さな唇は小刻みに震え出し、視界がじわりと滲み始める。アシュレイは己の醜態を思い出し、今度は一転してぶわりと頬を真っ赤に染め上げた。

その姿にヴォルフガングが眉を寄せる。

「……まさか、忘れていたわけではないだろうな」

ヴォルフガングが肉食獣のように瞳を輝かせて、不機嫌そうな声音で問う。

しかしその問いに、アシュレイは戦慄いている唇をきつく嚙み締めた。

――忘れたままでいられるものなら、忘れたままでいたかった。

祖国のため、大切な姉のため、暗殺を目的として目の前の男と結婚したにもかかわらず、アシュレイは失敗した。そして祖国を滅ぼすと脅され、純潔を奪われた挙句、強い快楽に翻弄され、憎い男に縋りついてしまった。愚かで情けない記憶までしっかりと甦り、唇を嚙み締めていてもなお抑えきれない感情が、瞳に涙を浮かべさせる。

するとヴォルフガングはなぜかさらに眉を顰め、アシュレイの頬に手を伸ばした。

「お前はどうしたら泣き止むんだ」

大きな手がアシュレイの頬を包み込み、眦をそうっと親指で拭う。

まだ涙は流れ落ちていないというのに、この男はいったい何をしているのだろう。

「別に、私は泣いてなどおりません……」

声を震わせながら、今にも涙が零れ落ちてしまいそうに潤んだ瞳で、それでも堪えるように男を睨みつける。それから自身の頬を包み込んでいる大きな手から逃れようと、身を捩りかけたところで、アシュレイは痛みに襲われ、顔を顰めた。

「……っ」

脚のつけ根や下腹の奥に鈍い痛みを感じる。泣き叫ぶほどのものではないが、だからといって無視できるくらい軽いものでもない。

「どうした？　……もしや、身体が痛むのか？」

アシュレイの頬に触れていた手を、柔らかな毛布の中に滑らせ、細い腰にまで伸ばしたヴォルフガングが、心配そうに視線を揺らす。

その時アシュレイは、自分が何も身に纏っていないことに初めて気がついた。

けれど男の手から逃げようにも、鈍い痛みを訴えている身体を動かすのはあまり気が進まない。

何よりその痛みが、昨夜憎い男を受け入れさせられたためのものだと認めてしまうのは、どうしても癪だった。

「……いいえ。痛みなど微塵も感じてはおりませんので」

きっぱりと否定したアシュレイを、ヴォルフガングは訝しげに見つめる。

腰をすうっと撫でられ、何とも言えない擽ったさに身を捩ろうとしたところで、アシュレイはまたしても襲われた痛みに顔を顰めた。

その表情から、ヴォルフガングはアシュレイが嘘を吐いていると確信したのだろう。

「アシュレイ、正直に言え。身体が痛むのだろう？」

ヴォルフガングが目を眇めて、一段と低い声で肯定しろと脅すように尋ねる。

でも虚勢を張って一度は否定したことを早々に覆すなど、できるわけがない。

「……思い違いです。私は痛みなど感じていないと、たしかに申し上げたはずですが」

必要以上に毅然とした態度で言い返し、アシュレイは男を睨めつけた。

だがヴォルフガングは全く動じなかった。それどころか、またしても傲慢そうに笑う。

「……そうか。それならちょうどいい。今からもう一度、俺の欲につき合ってもらおうか」

「欲に、つき合う……？」

ヴォルフガングは、アシュレイに何をさせるつもりなのか。アシュレイが警戒するように身を強張らせる。

その姿にまたしても暴君らしい笑みを浮かべると、ヴォルフガングはアシュレイの腰に置いていた手で、彼女の小さな手を捕らえた。

「……あっ」

「昨夜は、一度きりしかつき合ってもらえなかったからな。正直、全くと言って良いほど出し足りないんだ」

「足りない……？　何のことで…………、っ！」

ヴォルフガングに掴まれている手が、彼の下腹のあたりへと導かれる。

そしてそのまま硬さのある熱い棒状のものを握らせられ、アシュレイはそれが何であるかを正しく理解した瞬間、パッと勢いよく手を離した。

「何をなさるのですか……！」

ぬめりのある男の屹立を握らせられたことに気づき、アシュレイが頬を真っ赤に染めながら眦を吊り上げる。

――信じられない……！

この男は何てことをするのだろう。曲がりなりにも王女として生まれたアシュレイに対する、あまりに下品な言動に、怒りを通り越して目眩すら起こしそうになる。

だが動揺するアシュレイの前で、ヴォルフガングは傲慢そうな笑みを消すと、今度は脅すように鋭い視線を向けた。

「それで、お前の身体は今すぐ俺の欲を受け止められるのか？」

「それは……」

無理だろう。さっきは強がりを言ってしまったものの、実際にはまだ男を受け入れる部分が鈍い痛みを訴えているのだ。このまま男の長大な欲望を押し込まれたら、アシュレイの身体は間違いなく昨夜以上の痛みに襲われるに違いない。

それが決して想像に難くはないからこそ、恐ろしさに心が怯み、どうしても強がりを言うことができなくなる。

「……応じなければ、またユスティア王国を滅ぼすとでも仰るおつもりですか？」

そうしてまた、アシュレイを辱めるつもりなのか。

——卑怯者。

国を治める王でありながら、卑劣な手段で自身の欲望を満たそうとする憎い男を、心の中で強く罵る。そして同時に、どうしようもないほどの後悔が湧き上がる。

やはり昨夜、何が何でもこの男の命を奪っておくべきだった。そうすれば、今頃このように追い詰められることもなかったし、姉の敵を討つこともできた。アシュレイは悔しさから唇を嚙み締め、それでも気丈に潤む瞳で男を睨めつける。

「いや、もうお前を脅したりはしない」

ヴォルフガングは、予想とは違う答えを返してきた。

「……本当ですか？」

アシュレイは内心驚いたが、次の瞬間、男が続けた言葉に絶句した。

「ああ。だが、お前はそもそも俺の妻だろう。妻の中に精を放つのは、夫の最大の義務だと思わないか？」

ヴォルフガングは真顔でそう返すと、柔らかな毛布に隠れていたアシュレイの下腹をそうっと撫でる。大きな衝撃を受けたせいで、アシュレイにはもう身体を這う男の手を気にする余裕もない。

——まさかこの男は本当に、私を妻として遇するつもりなのだろうか。

昨夜の言葉は、自分の命を狙ったアシュレイを辱め、守り続けてきた純潔を奪うためだけに出た、下種な男の脅しだと思っていた。それなのにこの男は、大罪人であるアシュレイに、本気で妻として世継ぎとなる子を生ませるつもりなのか。

「どうする、アシュレイ。もしも痛みがないというのなら、妻であるお前には夫である俺につき合う義務があると思うが？」

淫猥に下腹を撫でていた手が、再びアシュレイの細い腰を捕らえる。

次いで引き寄せられた刹那、下腹のあたりに男の熱い欲望を押し当てられ、アシュレイは堪えきれず小さな悲鳴を漏らした。

「ひっ……あ……わ、わたしは……」

ヴォルフガングは本気だ。本気で彼は、まだ痛みの残るアシュレイの中に硬い屹立を埋めるつもりなのだ。小さな唇が、色を失い、小刻みに震え出す。この先の痛みを想像して、身体も戦慄き始める。それでもアシュレイの矜持は、まだ目の前の男に屈することを許さない。

「わ、わたしなら……もう……」

何ともないのだから好きにしろと、毅然とした態度で言い返せたらどれほど良かっただろう。でも実際にはみっともないくらい真っ青になってしまい、情けないことに瞳から涙をほろりと溢れさせたその時だった。

「……悪い。今のは、さすがに意地悪が過ぎたようだ」

「え……？」

聞こえた謝罪は空耳だろうか。たしかめるように男を見上げる。

すると涙で滲む視界に、ヴォルフガングの大きな黒い三角の耳が入り込んだ。ただ、その耳がまるで詫びるように伏せられているのは、男らしい眉の端が悪戯を叱られる子供のように下がっているのは、どうしてなのか。

「あの、ええと……」

「意地を張るお前があまりにも可愛らしいからつい……いや、それでもやり過ぎだな。許せ、アシュレイ」

頬に流れている涙を、ヴォルフガングが親指でそうっと拭い取る。その優しい手つきに、アシュレイの強張っていた身体が解れ始める。恐怖により凍りついていた心も溶けだしたところで、アシュレイは今のヴォルフガングの言葉を反芻した。そして瞬時に、目を丸くしてぶわりと頬を赤らめた。

「いきなり、何を……」

暴君のような男がアシュレイに許しを求めるなど、いったいどういう風の吹き回しなのか。

おまけに可愛いという言葉に驚き、思うように返答することができない。

するとヴォルフガングは片眉を上げげた。

「だが、俺のものがこれほどまでに昂ってしまったのは、お前が愛らし過ぎるせいだぞ」

「……っ」

「それに出し足りないのも事実だ。もっともお前は、俺がどれだけ我慢をしていたかなど知らないだろうがな」

普段のアシュレイであれば、その下品な物言いに不快感を露にしただろう。

けれど愛らしいと言われ、我慢していたと告げられては、何だか無下にもできない。

――昨夜は、憎み続けろと仰っていたくせに……。

自死を選ぶほど姉を苦しめた男を庇い、匿い続けている上に、命を狙ったアシュレイの純潔を、祖国の平和と引き換えに奪った男だというのに。

「ど、どうしてそのようなことばかり仰るのですか？」

ユスティア王国のために、兄のために、何より大切な姉のために、アシュレイはこの男に対する憎しみを忘れてはいけない。姉の悲劇の真実を知るためだけに、アシュレイはヴォルフガングの下に嫁いで来た。それなのに、これでは困る。どうしたらよいのかわからなくなってくる。

「アシュレイ、泣くな」

簡単に心を揺るがせてしまう自分を、情けなく思うからか。

決して泣きたいわけではないのに、意思とは無関係に流れ落ちる涙を、ヴォルフガングがまた親指でそうっと拭い取る。

「わ、わたしは別に……」

その涙を今度は唇で掬い取ると、ヴォルフガングは困ったように眉尻を下げた。そして琥珀色の瞳を切なげに輝かせながら、涙でいっそう煌めいているアシュレイの紅色の瞳を、覗き込むように見つめた。

「泣いている顔もそそられるが、もしもお前の紅色の瞳が溶けてなくなってしまったら、あまりにもったいないだろう」

「溶けてなくなる……？」

生まれて初めて聞いた変わったものの言い方に、アシュレイが思わず言葉を繰り返す。

するとヴォルフガングは、困ったように肩を竦めた。

「お前は俺の妻だからな。当然、その紅色の瞳も俺のものに決まっているだろう」

何とまあ、横暴な考え方をする男なのか。

呆れてしまいながらも、アシュレイはぽつりと零した。

「……むしろ溶けてしまった方が、私には好都合なのですが」

幼い頃から心が麻痺してしまうほどに、この紅色の瞳を嫌悪され続けてきたせいで、つい本音が漏れる。

するとヴォルフガングは、困ったような表情から一転して、今度は不愉快そうに眉を顰めた。

「それはどういう意味だ？」

「で、ですからその……私の瞳は、この紅色は……」

悪魔の瞳と言われるくらい不吉なものだからと続けるつもりでいたのに、口にしようと思うと胸が苦しくなり、どうしても先を言うことができない。

幾つ年齢を重ねようと、数えきれないほど辛い思いをしてこようと、それでも悲しみを振り切ることだけは未だにできておらず、アシュレイは唇を噛み締めた。

その刹那、ヴォルフガングが彼女の唇に己のそれを押し当てた。そして噛み締めているアシュレイの歯を退かすように、小さな傷のついている唇を舌で舐めて擽る。

「んっ……」

「悪魔の瞳か。実に馬鹿馬鹿しい迷信だな」

そのまましっとりと舐め上げられ、濡れたアシュレイの唇の上で、ヴォルフガングはこともなげに吐き捨てた。

その言葉に、アシュレイは目を見開き、瞳を激しく揺らした。

「け、決して、馬鹿馬鹿しい迷信などでは……」

「事実だろう。ついでにその迷信を盾に、皆がお前を避ける理由がわかるか？」

「それは……」

皆がその迷信を信じているからだ。しかし、ヴォルフガングの考えは異なるらしい。

ふんと嘲るように鼻を鳴らすと、ヴォルフガングは傲慢そうに口の端を吊り上げた。

「単にお前の瞳が妬ましいからだろう」

「え……？」

「なにせ、これほどの強い煌めきを放つ瞳だからな。お前に見つめられたら敵わないとでも思ったに違いない」

自信満々に言い切り、ヴォルフガングはアシュレイの瞳を真剣な表情で覗き込む。

「……溶けた方が都合が良いなどと言うな。番の証が消えては、俺が困るだろう」

何がどう困るというのか。仮に彼が困ったところで、アシュレイには何も関係ない。

けれどその瞬間、悪魔の瞳と祖国で言われ続けてきたアシュレイの紅色の瞳から、止める間もなく涙がぶわりと溢れ出した。

「おい、アシュレイ、いきなりどうした。……もしや、俺の言葉がそれほどまでに不快だったのか？」

「……っ、ち、違います……」

ヴォルフガングが、ぎょっとしたように顔を強張らせる。

アシュレイの頬を流れる涙を親指で拭いながら、ヴォルフガングはもう一方の手で彼女の身体をそっと抱き寄せた。

「それとも、あれか？　さっきの話を気にしているのなら心配は無用だぞ。痛みがあるお前に欲情するほど、俺も獣ではないからな」

宥めるようにアシュレイの背中を優しく擦りながら、ヴォルフガングが当然のように言う。

だがアシュレイは、たしかに主張している男の熱い昂ぶりを下腹のあたりに感じている。

それでも自分のために強がりを言う獣人王に、アシュレイの心臓はまたしてもトクリと高鳴った。

そうしてようやく涙が止まった頃、アシュレイはぼそりと呟いた。

「……では、とりあえず信じて差し上げます」

「とりあえずとは、腑に落ちない気もするが……まあいい」

ヴォルフガングは納得したようだ。了承するように呟いてから、彼はアシュレイの頭頂部に唇を落とした。

「さて、もう一度寝るぞ」

ヴォルフガングが毛布を引っ張り上げ、アシュレイの肩に掛ける。

「え……？　ですが、もう朝では……？」

そろそろ誰かが起こしに来る時間ではないのか。

広い胸に抱き込まれながら首を傾げたアシュレイに、ヴォルフガングは少し呆れたように笑う。

「誰も起こしに来るはずがないだろう。今日は、新婚初日だぞ」

たしかに新婚初日の夫婦の寝室を、早朝に訪れるのは無粋だ。

そして新婚という言葉に、アシュレイの胸にはずきりと痛みが走った。

――エレオノーラお姉さまは未だに、眠り続けたままだというのに……。

目の前の男を憎む気持ちが一瞬でも薄れかけた妹を、姉はどう思うだろうか。死に損ないの裏切り者と、姉の不幸を忘れたのかと詰るだろうか。

――いいえ、お姉さまがそのようなことをなさるはずがないわ。

エレオノーラはアシュレイを心の底から愛してくれていた。そしていつもアシュレイの幸せを願ってくれていた。

だからアシュレイが生かされていることに不平を言うとは思えない。

でも、それはアシュレイだって同じ気持ちだ。

大切な姉が不幸せなまま、自分だけが人並みの幸せを求めるわけにはいかない。

――それなのに、お姉さまだけではなかったの……。

悪魔の瞳と呼ばれるアシュレイの紅色の瞳を忌み嫌わず、好意的に受け取ってくれる人が姉以外にも存在した。それどころかヴォルフガングは、アシュレイを長年苦しめてきた迷信すらも馬鹿馬鹿しいと言い捨てた。

結果、アシュレイの心には小さな喜びの明かりが灯り、理性と感情の間を行ったり来たりしながら、自分はこの先どうするべきかを、完全に見失ってしまっていた。

第三章

謎多き獣人と焼き立てのアップルパイ

「ねえ、アシュレイ。貴女の胸は、どういう男性にときめくのかしら？」

ユスティア王国の広い王宮内にあるアシュレイの私室で、姉のエレオノーラがふかふかとしたソファにゆったりと腰を下ろし、向かいに座る妹に問いかける。

シナモンの香りが素晴らしいアップルパイを、今まさに頬張ろうとしていたアシュレイは、その問いに驚いたように目を瞬いた。

「どういう男性って……お姉さまったら、いきなりどうなさったの？」

アシュレイは、とりあえず眼前のテーブルにアップルパイの載った皿とフォークを静かに置き、姉に問い返した。

するとエレオノーラは、ふっくらとした柔らかな頬をぽっと薄紅色に染めた。

「ふふ、聞いてくれるかしら？」

「もちろんよ、お姉さま」

頷いたアシュレイに、エレオノーラが美しい空色の瞳をとろりと細める。

「実はわたくしね、一昨日、街の本屋さんでロマンス小説というものを見つけてしまったの」

「一昨日……？　それって私と一緒に街へ下りた時のことよね？」

アシュレイは先日十二歳になり、姉とともに初めて街へ下りた。それも護衛をつけずにふたりきりでだ。

「ええ、そうよ。とても楽しかったわね」

ふふふと笑うエレオノーラに、アシュレイも笑みを返す。

――本当に。今までで一番と言っても過言ではないくらい、楽しかったわ。

数多の護衛の目を掻い潜り、ふたりで王宮を抜け出した。それが王族として褒められた行動ではないことくらい、アシュレイ達にも十分にわかっていた。

それでもふたりが街に下りることを決めたのは、たまには厳しい護衛の目から逃れて羽を伸ばしてみたいという思いがあったからだ。

「そうね、お姉さま。それに、誰にも気づかれなかったわ」

頬を緩めたまま、アシュレイがほうっと安堵したように息を吐き出す。

簡素なドレスを身に纏い、つばの広い帽子に、縁の太い眼鏡を掛けて、ふたりで街を散策した。

もしも誰かに王女だと気づかれたら、大変なことになっていただろう。何よりアシュレイの紅色の瞳を誰かに見られたら、きっと大騒ぎになったはずだ。

それがわかっていたからこそ、信頼の置ける侍女達に協力してもらい、アシュレイ達は念入りに変装したのだ。

「本当にね。あれほど上手い具合に進むとは、正直思っていなかったけれど……あれならまた街に下りられそうだわ」

空色の瞳をきらりと輝かせて、エレオノーラが楽しそうに笑う。

だがエレオノーラは、ひとつ大切なことを忘れているようだ。

「ええ、また一緒に下りましょう……と言いたいところだけれど、お姉さま」

「あら、なあに？」

「さすがに次は、お兄さまもお怒りになると思うわ」

この国の王太子であり、アシュレイ達の兄でもあるクラレンスは、妹達の突飛な行動を知った際、言葉が出ないほどに驚いていたそうだ。

それでも温厚な兄は、夕方王宮に戻って来た妹達を叱りはしなかった。

『危ないことはしないように』と苦笑しながらも、一応は許してくれた。

だが二回目もそうとは限らないだろう。

「それにね、お兄さまは普段怒らないから……もしも怒ったら何だか怖そうな気がするの」

兄のクラレンスが感情を露わにしている姿など、アシュレイはたぶん生まれてから一度も見たことがない。

だからこそ兄の怒る姿など想像できなくて、アシュレイがひとり勝手に怯えていた時だった。

「……そうね。忘れてしまおうと思っていたのだけれど、お兄さまは怒るととても恐ろしいのよ」

エレオノーラが小さな声で独りごつ。

しかしそれは吐息に紛れて、向かいに座っているアシュレイの耳にまで届かなかった。

「お姉さま……？」

「ごめんなさい、アシュレイ。何でもないのよ」

否定すると、エレオノーラは再びうっとりと頬を緩めた。

「それよりもね、アシュレイに聞いてほしい話があるの」

エレオノーラが、柔らかそうな頬を再び薄紅色に染める。

「聞いてほしい話？」

「そうよ。どうしてわたくしが貴女に不思議な質問をしたか。それはね、一昨日購入したロマンス小説をちょうど今朝、読み終えたところだからなのよ」

「まあ……そうだったのね」

なるほどと頷き、アシュレイが疑問を投げかける。

「お姉さま。ところで、そのロマンス小説というのは、どういうものなのかしら？」

アシュレイも本を読むのは好きだ。

冒険小説を読めば、ほとんど王宮の外に出たことのないアシュレイでも広い世界を旅しているような気分になれるし、推理小説を読めば主人公と同じようなスリルを味わうことができる。本は、いつでもアシュレイを王宮の外に連れ出してくれる魔法だ。

だがロマンス小説は、王宮内の図書室には収蔵されていない。

そのためにアシュレイは、ロマンス小説について侍女達の噂話程度しか知らない。どうしても内容が想像できず、アシュレイが尋ねると、エレオノーラは待っていたとでも言うようにソファからずいっと身を乗り出した。

「気になるかしら？　アシュレイもやっぱり気になるのよね？」

「え？　ええ、それはもちろん……」

目の色を変えたエレオノーラに、つい気圧されそうになりながらも肯定する。

妹の返答に、エレオノーラは満足そうに顔を綻ばせた。

「ではでは、可愛い妹の願いにお答えしましょう。……ゴホン」

わざとらしい咳払いをしながら、エレオノーラが唇を開く。

「ロマンス小説というのはね、魅力的な男性と素敵な女性が偶然に出会って、運命的な恋に落ちるお話なのよ」

「偶然に出会って、運命的な恋に……？」

「そうよ。ちなみに一昨日購入した本ではね、街中で偶然出会ったふたりが恋に落ちて……そしていろいろな困難を乗り越えた後、蕩けそうなほどに熱く結ばれたわ」

エレオノーラは両手で自身の頬を包み込み、うっとりしながら甘いため息を吐き出す。

アシュレイはエレオノーラの説明を頭の中で何度も反芻した。

「結ばれる……結ばれるの？　結婚するわけじゃなくて？」

「もちろん結婚するわ。それから結ばれるの。本当に素敵よね。……まあ、アシュレイにはまだ少し早いお話かもしれないけれど」

両の手のひらで隠しているエレオノーラの頬は、さっきよりも濃い赤に染まりつつあるようだ。

楽しそうな姉の姿を見て、アシュレイは内心思った。

――とても素敵なお話だけれど、王女であるお姉さまにはたぶん……。

エレオノーラが街中で偶然出会った人と運命的な恋に落ちることなどあるわけがないと、つい考えてしまい、アシュレイはどうやら気づかぬうちに顔を曇らせてしまっていたようだ。

妹の表情に気づくと、エレオノーラは僅かに苦笑した。

「そうね、わたくしは王女だもの。現実には難しいかもしれないわね」

「……ごめんなさい、お姉さま。私、そういうつもりではなくて……」

せっかく姉が嬉しそうに話してくれたというのに、自分は水を差してしまった。

そのことにアシュレイが肩を落とした刹那、エレオノーラから「でもね」と柔らかな声が聞こえて来た。

「全ては運命次第だとわたくしは思っているの。だからもしかすると、街中で出会った素敵な男性が、実は何処かの国の王子さまだという可能性だってあるということよ」

「お姉さま……」

「そうよ、可能性は無限大よ。だから諦めるのはまだ早いわよ」

自分自身に言い聞かせているように聞こえたが、もしかすると姉はアシュレイを励ましているのかもしれない。

瞳の色が原因でこの先誰とも結婚できそうにないアシュレイにも、大きな可能性があることを教えようとしているのかもしれない。

「それにね、アシュレイはきっと大丈夫よ」

「お姉さま？　大丈夫って……」

　どういう意味だろう。

　アシュレイが不思議そうに問うと、エレオノーラはふわりと笑った。

「貴女の紅い瞳は、誰よりも煌めいているでしょう？　それはきっとね、他の誰よりも運命の相手に見つけてもらいやすいようにって、わざわざ神様が気を利かせてくれたのよ」

「エレオノーラお姉さま……」

「神様もアシュレイには幸せになってもらいたいと思っているのよ。まあ、当然よね。なにせ、わたくしの可愛い可愛い妹ですもの」

　もしも本当に神様がわざわざ気を利かしてくれたというのなら、「何て余計なことを…」と無礼にも言いそうになる。

　それでも初めて聞いた姉の少し変わった解釈は、たしかにアシュレイの心を温めた。

　紅い瞳を肯定的に捉えてもらえて、思わず涙が溢れそうになるほど嬉しかった。

「あらあら、アシュレイは泣き虫ね」

　実際には、自分でも気づかぬうちに涙がもう溢れてしまっていたようだ。

　ソファから腰を上げると、エレオノーラはテーブルを回り込み、ぼろぼろと涙をこぼしているアシュレイの隣に座る。

　それから姉は妹の肩を抱き寄せ、アシュレイが泣き止むまで背中を擦り続けてくれた。

今朝方、ヴォルフガングはまた眠るアシュレイの頬を撫でた。その温もりで、アシュレイは姉との幸せな記憶を思い出した。

＊　＊　＊

そして広い居室を包み込む暖房が、心地好い眠気を誘う昼下がり。

中央に置かれた大きなソファに腰を下ろし、時折今朝方甦った姉との思い出を脳裏に過らせながら、アシュレイはテーブルの上に載せてある古い歴史書のページを一枚、指でそうっと捲った。

──なるほど。この国では、どの獣の血を引いているかによって身分が決まるということね。

五日前にアシュレイが嫁いできたこのダルスタイン王国には、現在、様々な獣の血を引く獣人達が暮らしている。

その獣の血には優劣があり、この国ではどうやら能力の優れた獣の血を引いている家ほど、家格が高いようだ。そして頂点に立っているのが、高い知性や卓越した身体能力、並びに、目覚ましい統率力を兼ね備えている狼の血を引く狼獣人である。

さらに同じ獣の血を引いている獣人の間にも、能力の優劣というものはあるそうだ。

──へぇ、そうなの……。じゃあ王族や高位貴族の中でも、群を抜いている能力の持ち主だけが、あの耳や尻尾を完全に消すことができるというわけね。

ただ、能力の優劣が生まれる具体的な要因など、未だに解明されていない事象は多々あるようだ。

「――王妃様！　アシュレイ様！」

「えっ……？」

「先ほどから、何度もお呼びしているのですが……」

静かに歴史書を読んでいると、突然大きな声で名を呼ばれ、驚いたアシュレイがパッと顔を上げる。

するとテーブルの向こう側のソファに座っている年嵩《としかさ》の女性は、すこし困ったように笑った。

「勉強熱心なのは大変素晴らしいと思いますが、あまり根を詰め過ぎてはお身体に毒ですよ」

「サーシャさん……」

「ちょうど三時を回ったところですし、このあたりで一度休憩にいたしましょう」

サーシャと呼ばれた年嵩の女性が、側に控えていた侍女に視線で合図をする。

侍女が紅茶や菓子の準備を始めたため、アシュレイは読みかけの歴史書に栞を挟んだ。

そしてパタリと閉じた歴史書とともに羽ペンやインク瓶、羊皮紙などをテーブルの端に寄せてから、アシュレイは心の中でため息を吐いた。

――王妃様って、私のことなのよね……。わかってはいるのだけれど。……それでもまさか、私が王妃様だなんて……。

アシュレイは結婚前、ヴォルフガングを毒殺することだけを考えていた。

だから当然彼の妻になる気もなければ、この国の王妃になるという覚悟も持ってはいなかった。

それなのに結局、国王とともに国を治める『王妃』という立場を与えられてしまい、アシュレイは正直、いつも胃のあたりに不快な重みを感じている。

憎むべき獣人の隣に立たねばならない現状を受け入れられず、しかしだからといって投げやりに振る舞うこともまた、矜持や性格が邪魔をしてできないせいだ。

そしてつい、唇の間から疲労感の溢れる重いため息が漏れる。

サーシャは僅かに目を見張ると、柔らかに口角を上げた。

「アシュレイ様は異国より嫁いでいらっしゃいましたからね。今はまだ何かと気苦労も多いことでしょう」

「いえ、皆様には本当に良くしていただいておりますので」

サーシャに労りの言葉を掛けられ、アシュレイはそつのない笑みとともに、当たり障りのない言葉を返した。

――家庭教師のサーシャさんにも、侍女のエマにも良くしてもらっているのは本当よ。でも、だからと言って……。

王族同士の政略結婚である以上、アシュレイに求められているのは、やはり国王の隣に立つに相応しい女性としての振舞いのはずだ。

かなり不本意ではあるものの、王妃として生かされているからにはアシュレイもそれ相応に振る舞わなければならないと思う。

「よろしいのですよ、アシュレイ様」

そんなアシュレイに、サーシャは微笑ましそうに言う。

「無理に気負う必要などありませんよ。王太后様も嫁いで来られたばかりの頃は、何かと苦労されていらっしゃいましたからね」

「王太后様が……？」

思いも寄らない人物の名が挙がったことに、アシュレイは驚いた。

王太后といえばヴォルフガング達兄弟の母親だ。

数年前に年の離れた夫を亡くした彼女は、ヴォルフガングが王位を継承したのと同時に王太后となり、今は離宮で静かに暮らしていると聞いている。

それでも結婚式には参加していたようだが、ヴォルフガングの命を奪うことで頭がいっぱいだったために、アシュレイは残念ながら彼女と言葉を交わすどころか、その姿すら覚えてはいない。

――そういえば、王太后様はたしか人間でいらっしゃるのよね……。

元は異国の王女である王太后もまた、アシュレイと同様に人間だと聞いている。

その彼女も苦労していたと聞くと、つい気持ちが緩み、アシュレイの頬からそつのない笑みが消えかかる。

すると向かいに座っているサーシャが、今度は幾らか厚めの唇に楽しそうな笑みを浮かべた。

「王太后のアレクサンドラ様も、獣人やダルスタイン王国についてあまりご存じではありませんでしたので。アシュレイ様と同じように、こちらに嫁いでいらしてから勉強なさったのですよ」

「王太后様もですか……？」

アシュレイが驚きに目を丸くする。

ヴォルフガングの毒殺を狙っていたアシュレイなら当然とも言えるが、どうして王太后まで何の知識もなくダルスタイン王国に嫁いできたのだろう。心の中の疑問が、つい顔に出てしまっていたようだ。

「お亡くなりになってしまわれた先代の国王陛下とアレクサンドラ様の間にも、やはり多くの行き違いがあったのですよ。それでもいつの間にか仲睦まじい夫婦となられたのですから、人の心というのは何とも不思議なものですね」

昔を懐かしむように、サーシャが琥珀色の瞳を緩める。

次いで向けられた意味深長な視線に、アシュレイの心臓はドクリと跳ね上がった。

——まさか、サーシャさんはご存じなのかしら……。

結婚式の夜、アシュレイがヴォルフガングの命を狙ったことを。そのためだけに結婚したことも全て、彼女は知っているのだろうか。

——いいえ、それはないはずよ。

いくらヴォルフガングが、ダルスタイン王国に関してほとんど知識を持たないアシュレイのために、直々に頼んだ家庭教師とはいえ、両国の関係にも影響するような重大な出来事について話すはずはないだろう。

第一アシュレイが王の命を狙ったと知っていたら、これほど温かな態度で接することなどできないはずだ。

疲労がたまりすぎて疑心暗鬼になっているのかも知れないと、アシュレイは気を取り直すように息を吐いた時だ。

　ふわりと漂ってきた甘い香りが、アシュレイの鼻腔を擽った。

「アシュレイ様、サーシャ様。お待たせいたしました」

お茶の準備を整えた侍女のエマが、テーブルの側までワゴンを押してくる。

それからエマは、テーブルに温かな紅茶の注がれたティーカップを静かに置いた。

「本日の紅茶は、ダルスタイン王国の南部で栽培されております、アルフェンという茶葉を使用しております」

　エマの説明に頷くと、アシュレイは温かなティーカップを手に取った。そのまま顔の側まで近づけたところで、先ほどよりもさらに豊かな香りを感じ、嬉しそうに頬を緩めた。

「とても良い香りだわ……」

口元に当てたティーカップを、ゆっくりと傾ける。

紅茶は香りのみならず味も素晴らしく、アシュレイはふわりと頬を緩めた。

「……それにとても良いお味。エマは、紅茶を淹れるのが本当に上手ね」

結婚式当日からアシュレイに仕えてくれているこの侍女の淹れる紅茶は、とても美味しい。

祖国で自分に仕えてくれていた侍女達よりも遥かに腕が良いと、嫁いで来たその日にアシュレイが気づいたほどだ。

　アシュレイに褒められると、エマは頭頂部から生えているふわふわとした白い耳を嬉しそうに揺らした。

「ありがとうございます。王妃様のお好きな茶葉が入手できたとお聞きしましたので、本日は特に丁重に淹れさせていただきました」

「え……？」

目尻の皺をさらに深めながら話すエマに、アシュレイはきょとんとする。

――私、エマに言ったかしら……？

アシュレイはたしかに、ダルスタイン王国の南部で栽培されているアルフェンという茶葉を好んでいた。姉と街へ下りた際にも自分の小遣いで買ってしまったほどだが、アシュレイがアルフェンの茶葉を好むと、エマに教えたのは誰だろうか。

――もしかして、いつの間にか私が口にしていたのかも……。

十八年間過ごした祖国を懐かしく思う心が、自分でも気づかぬうちに願望を漏らさせていたということだろうか。

もしもそうだとしたら、あまりにも気が緩みすぎだ。

異国に嫁いだ以上もっとしっかりしなければと、アシュレイは紅茶の香りが漂う温かな吐息を吐き出した。

「あら、なあに？　今日もまたアップルパイなの？」

アシュレイがもの思いにふけっていると、目の前のテーブルの上に載せられたデザートの皿に視線を落としたサーシャが、残念そうに呟いた。

「申し訳ございません、サーシャ様。こちらもご命令ですので」

「やだ、ごめんなさい。エマに文句を言っているわけではないのよ。ただ……何というか、こういうのを馬鹿のひとつ覚えって言うような気がするわ」

穏やかなサーシャにしては珍しく棘のある言葉に、アシュレイが顔を上げる。

「サーシャさんはもしや、アップルパイがお嫌いでしたか？」

結婚式の翌日からダルスタイン王国や獣人について、雑談を交えつつ教えてくれている家庭教師のサーシャとは、毎日このようにお茶を共にしている。

そしてこの五日間、なぜか必ずデザートはアップルパイと決まっていた。

——私は好きだから、何も困らないけれど……。

もしもサーシャがアップルパイを好きではなかったのなら、かなりの苦痛だっただろう。

アシュレイが申し訳ないと肩を落とすと、サーシャはゆるりと首を横に振った。

「いいえ、私もアップルパイはそれなりには好きですよ。ですから、アシュレイ様が気にされる必要などありません」

「そうでしたか……」

嫌いではないと聞き、アシュレイは安堵して、ほっと小さな息を吐き出す。

するとサーシャは、苦笑しつつ「ただ」と呟いた。

「こうも毎日同じものを出し続けるというのは、正直いかがなものかとも思いまして」

「はぁ……」

そういうものだろうか。アシュレイが何とも間抜けな相槌を打つ。

それに対してサーシャは、申し訳なさそうに眉尻を下げながら言った。

「きっと女心というものを今ひとつ理解しきれていないのでしょう」

「あの、女心を理解していないというのは……」

誰がだろう。アシュレイが不思議そうに呟くと、サーシャは考えるように顎に手を当てた。

「まあ、この場合は料理長ということにしておきましょうか」

少し腑に落ちない言い方だ。けれどアシュレイが問い返すよりも先に、サーシャはアシュレイに尋ねた。

「アシュレイ様、アップルパイ以外にお好きなデザートはありますか？」

「アップルパイ以外にですか？」

「ええ。もちろん、アップルパイも毎日お出しするようお話ししておきますが。せっかくこの国に嫁いできて下さったのですから、いろいろなデザートを楽しむというのもよろしいかと。……楽しみは多い方が、気分も晴れるでしょう？」

またしてもサーシャが優しく微笑んだところで、アシュレイはふっと幸せな記憶を思い出した。

――そういえば昔、エレオノーラお姉さまも同じようなことを仰っていたわ。

『ねぇ、アシュレイ。今日は疲れたから、いろいろなデザートを楽しみたい気分なの。だから、全ての種類をわたくしと半分ずつ食べない？』

『それは構わないけれど……ふたつずつ用意されているのに、どうしてわざわざ半分ずつにするの？』

『だって、これ以上体重を増やすわけにはいかないもの。それに全ての種類を食べるなら半分ずつにしておかないと、貴女は夕食が何も食べられなくなってしまうでしょう？』

悪戯っぽく目を細めながら、エレオノーラは美味しそうなケーキやタルトに次々とフォークを入れていた。

その時姉は、いつも綺麗に割れた方を妹に渡してくれていたことまで思い出し、アシュレイは寂しそうに笑った。

「……そうですね。せっかくですから、他のデザートもお願いできると嬉しいです」

エレオノーラと半分ずつ食べられないことが非常に残念ではあるけれど、姉との幸せな思い出が甦れば、この胃の不快感も多少はましになるかもしれない。

アシュレイが頼むと、サーシャはほっとしたように頷き返した。

「承知いたしました。それでは明日から、アップルパイに加えてわたくしのおすすめのデザートもお出しさせていただきますね」

「え……？」

サーシャのおすすめのデザートを出すということはつまり、彼女が料理長に直接指示をするということだろうか。

――家庭教師のサーシャさんが……？

ユスティア王国では、そういうことは全て侍女の仕事だった。

けれど国が違えば、やはり王宮内のしきたりも相応に違うということだろうか。

不思議に思いながらも、アシュレイはテーブルに置かれているフォークに手を伸ばした。

――良い香りだわ。

ひと口大に切り分けたアップルパイをフォークに載せて、口元まで運ぶ。

アシュレイは漂ってきたシナモンの香りにうっとりと表情を緩めながら、それをパクリと食べた。

サクサクとした焼き立てのパイ生地は歯触りがとても良い。形が崩れるほど煮込まれたとろとろの林檎も、頬が蕩けそうに甘い。でも何より、この濃厚なシナモンの香りが堪らない。

――ユスティア王国で食べていたアップルパイと、よく似ているような気がするわ。

同じレシピで作られていると言われれば信じてしまいそうだ。でも国が違うのだから、そんなはずはないだろう。

アシュレイがそんなことを考えていると、サーシャがまた呟く。

「……女心は理解しきれていないようだけれど、番の心だけは理解しているようね」

小声の呟きは、思う存分アップルパイを堪能しているアシュレイの耳には届かなかった。

「アシュレイ様、本日も大変熱心に勉強されておりましたが、わからない話などはございませんでしたか？」

ほうっとひと息吐いたところで、サーシャがアシュレイに問いかける。

「わからない話ですか？　そうですね……」

ダルスタイン王国や獣人についての知識を得るためにと、彼女から勧められた歴史書は、非常に読みやすい。細かな点まで解説されていて、大変理解もしやすかった。

だからその中で腑に落ちない点は特にない。

「……何でもよろしいのですか？」

それ以外のことで、アシュレイにはひとつ気になっていることがあった。

「ええ、どうぞ」

「では、お言葉に甘えまして。サーシャさんはその……何の獣の血を引いていらっしゃるのですか？」

サーシャと出会ってから、アシュレイはずっと不思議だった。

兎の血を引く兎獣人である侍女のエマには、ふわふわとした白い耳が生えている。しかし、サーシャにはそのような獣の印が何もないのだ。

——それに、尻尾も見当たらないわ。

美しい茶色の髪をひとつに纏め上げ、琥珀色の瞳を煌めかせているサーシャは、まるで人間のようだ。

だがダルスタイン王国や獣人についてアシュレイに教える家庭教師の彼女が、異国の人間であるはずはないだろう。

エマが離宮を含めたこの王宮内には現在、アシュレイと王太后であるアレクサンドラ以外の人間は存在しないとはっきり言っていた。

だからといって王太后であるアレクサンドラが、家庭教師などするはずもない。

たしかに彼女なら、ダルスタイン王国についても、獣人と人間の違いについても詳しいだろうとは思うが、普通は面倒な役目など厭うだろう。

だからこそアシュレイには、サーシャの存在が不思議だった。

——でも王族や位の高い貴族の中で、群を抜いている能力の持ち主なら、耳や尻尾を消すことも可能なのよね。

つまり人間と変わらぬ容姿になれる能力を持つ獣人も一定数存在すると、アシュレイは今日勉強した。

「あら、わたくしには耳や尻尾など生えているように見えますか？」

「いえ、ですからサーシャさんは、耳や尻尾を消す能力をお持ちなのではないかと思いまして」

アシュレイの答えに、サーシャはふふとおかしそうに笑う。

「まあ、アシュレイ様はやはり優秀ですね。本日の勉強もしっかりと理解されているようで、わたくしも安心いたしました」

アシュレイははぐらかされたような気分になったが、とりあえず謙遜して答える。

「それも、丁寧に教えて下さるサーシャさんのおかげです」

「おまけに謙虚でいらっしゃるなんて……本当に、もったいないほど素敵な王女様ですね」

褒められることに慣れていないため、アシュレイは恥ずかしそうにはにかむ。だが、ふと今の会話の不自然さに気がついた。

「もったいない……？」

「いえ、お気になさらず」

サーシャの厚い唇が美しい弧を描く。琥珀色の瞳が嬉しそうに輝きを増す。

優しさと艶めかしさの混ざる彼女の表情が、アシュレイにはやはり少し不思議に感じられた。


夜の帳が下りた寝室内に、ふたつの影がもそもそと揺れる。

就寝するから来いと、ヴォルフガングがベッドの上からアシュレイを呼ぶ。

「アシュレイ、もう寝るぞ」

アシュレイが躊躇いながらベッドに近づくと、ヴォルフガングはその華奢な身体を軽々と持ち上げ、そっとシーツの上に横たえた。そのまま自身も隣に横たわり、アシュレイの細い腰を抱き寄せる。

さらりと長い銀色の髪を撫でながら、ヴォルフガングは問いかけた。

「明日の予定は？」

昨晩と同じ質問だ。結婚して以降、十日もの間繰り返されている会話でもある。

「……明日は、サーシャさんに獣人の番について教わる予定です」

「……そうか」

僅かに息を呑み、次いで興奮を抑えるように、ヴォルフガングがアシュレイの身体を深く抱きしめる。

十日前のあの夜、ヴォルフガングは残酷な選択を迫り、アシュレイの純潔を奪った。そして本物の妻として遇する代わりに、彼はアシュレイに自分の子を孕ませるつもりというような発言もしていた。

でもあの夜以降、ヴォルフガングはアシュレイに一度も淫らに触れてこない。

初めて男の欲を受け入れたアシュレイの身体を心配し、痛みを何度も確認し、いつの間にか素直にもう大丈夫だと答えてしまっても、それでも彼はアシュレイを毎晩ただ抱きしめながら眠る。

ヴォルフガングが何を考えているのか、アシュレイにはまるでわからない。

子を生ませたいだけなら、今も下腹のあたりに感じる硬い屹立をアシュレイの中に埋めて、思うままに精を注げば良いのに。まるでアシュレイのことを大切にしたいかのような言動を取る必要など、どこにもないというのに。

今宵も彼は、アシュレイの銀色の髪を愛おしそうに撫でている。腰に逞しい腕を添え、離すまいとばかりに深く抱きしめている。

目の前の男は、大切な姉のために殺さなければいけなかった憎い獣人だ。

それなのにアシュレイは、毎晩彼の腕の中で大人しく眠りについてしまっている。これはいったいなぜなのか。

自分でも自分の心がわからない。

「アシュレイ、良い夢を見られると良いな」

ヴォルフガングが、アシュレイの額に唇を押し当てる。

自分を憎めと言っていた卑劣な獣人は、どこに行ってしまったのだろう。

温かな腕に包み込まれ、アシュレイは不覚にも穏やかな眠りの世界に誘われていった。

第四章
獣人の番と浴室に漂う媚薬の香り

夜の帳《とばり》が下り、照明に照らされて明るい浴室内を、温かな湯煙が包み込む。

柔らかな色合いの広い陶製の湯船には柚子の実が浮かび、湯煙に乗ってその爽やかな香りがふわりとアシュレイの鼻腔を擽る。

温かな湯に胸のあたりまで身体を沈めながら、アシュレイは水面を覆い尽くすように浮かんでいる小ぶりの黄色い柚子を、両手でそうっと掬い上げた。

「甘いような酸っぱいような……でも、とても良い香りね」

両手の中でぷかぷかと揺れている柚子は、まるで小川に浮かぶ小鳥のようであり、何だかいつまでも見ていたいと思うほどに可愛らしい。

湯が手から流れ落ちては、また掬い上げ、浮かぶ柚子を眺めるという子供のような行動を、アシュレイはつい何度も繰り返してしまった。

香りを胸いっぱいに吸い込んで満足したところで、アシュレイは可愛らしい柚子を湯に戻し、ほうっと息を吐き出す。

「ユスティア王国にも、こういう習慣があれば良いのに……」

残念ながら祖国には、湯船に何かを浮かべるという習慣はない。

だからアシュレイは、ダルスタイン王国に嫁いで来た当初非常に驚いた。

結婚式の翌夜、浴室に足を踏み入れた際に、アシュレイは広い湯船に本来なら食べられるはずの柚子が、数え切れないほどぷかぷかと浮かんでいるのを目にしたのだ。

その時の衝撃は、半月ほどたった今でも鮮明に覚えている。

――だって、これ……柚子だもの。

驚いて侍女のエマに聞いたところ、何でもこの国では昔から、冬の間定期的に柚子を浮かべた湯に入ることで、風邪を予防することができると考えられているそうだ。

ゆえにおよそ週に一度のペースで、柚子の湯を用意しているとエマは話していた。

――ううん……食べ物だから、やっぱり少しだけもったいないような気もするけれど……。

それでも実際、柚子湯に入ると身体は驚くほどにぽかぽかと温まる。風邪を予防することができるのなら、これもまた柚子の良い使い道なのかもしれない。

――それに、何と言っても香りが素敵よね。……エレオノーラお姉さまにも教えてあげられたら良いのに。

アシュレイがこれほど気に入ったのだ。好みの似ている姉のエレオノーラも、きっと気に入るに違いない。

――でも、エレオノーラお姉さまは……。

今もまだユスティア王国の王立病院で眠り続けているエレオノーラのことを思い出すたび、アシュレイの胸は堪らないほどに苦しくなってしまう。苦しくて、悲しくて、また涙が零れ落ちそうになる。

大好きな姉とまた街を散策した二年前のこと。

澄み渡る青い空と、ふわりと浮かぶ白い雲のコントラストが美しい、まだ夏の暑さが残る初秋の昼中。翌日に建国記念日を控えたユスティア王国の中心部にある大きな街は、多くの人々で賑わっていた。

「ねぇ見て、アシュレイ。美味しそうな林檎入りのワッフルがあるわよ」

「…………お姉さま」

「あら、でも向こうにある栗のシュークリームも素敵だわ」

「……お姉さま」

「まあ、あのカボチャのロールケーキも捨て難いわね」

緑の太い眼鏡の向こうにある空色の瞳を、夜空の星のようにきらきらと輝かせながら、エレオノーラが美味しそうな菓子を扱う店ばかりを次々と指差す。

そのエレオノーラの柔らかな腕を、アシュレイは隣からぎゅうと摑んだ。

「エレオノーラお姉さまっ！」

「なあに？　アシュレイったらどうしたの？」

「お姉さまこそ、どうしたの？　なんて言っている場合ではないと思うわ」

「あら、それはなぜ？」

エレオノーラが、わざとらしいほどに目を丸くする。姉は、妹の言いたいことなどもう十分すぎるくらい理解しているはずなのに、なぜとぼけているのだろうと思いながら、アシュレイは姉を諭すように言い募った。

「エレオノーラお姉さま、今日は建国記念日の前日なのよ。明日には記念式典も控えているのに……もしも私たちが王宮を抜け出していることに気づかれたら、きっととても怒られるわ」

だから今すぐにでも帰ろうと、アシュレイは言いたかったのだ。

しかしエレオノーラは、諭されるどころか、むしろ深く被っているつばの広い帽子に隠れ気味の眉を不服そうに寄せた。

「やだ、アシュレイったら酷いわ。一度は、貴女も賛成してくれたことじゃない」

「それはまあ、そうなのだけれど……」

「そうよね、だから貴女もしっかりと変装してついてきたのでしょう？」

「ええと、それもそうなのだけれど……」

「それなのに、わたくしの可愛い可愛い妹はお姉さまを裏切ろうとするの？」

「うう、決してそういうわけでは……」

情に訴えるようなエレオノーラの言い方に、アシュレイは思わず言葉に詰まった。

たしかにアシュレイは一度、姉の提案に賛成してしまっているのだ。

だから今日も以前ふたりで街に下りた時と同様に、簡素なドレスに身を包み、つばの広い帽子を深く被り、縁の太い眼鏡を掛けるという変装をしているわけだが。

――でも、やっぱり今日は早く帰ったほうがいいような気がするの。

普段とは違い、建国記念日前日である今日、アシュレイ達が王宮を抜け出していると知られたら、いつもは温厚な兄もさすがに怒りだすだろう。

だから早く帰ろうと訴えかけるように、アシュレイがじっとエレオノーラを見つめる。

するとエレオノーラは大きなため息を吐き出し、悲しそうに苦笑した。

「ねぇ、アシュレイ。わたくしね、この冬十八歳になるの」

「それは、私も知っているけれど……」

姉が何を言わんとしているのか、意味がわからず不思議そうに見つめるアシュレイに、エレオノーラはもう一度繰り返す。

「アシュレイ、わたくしはもう十八歳になってしまうのよ」

「お姉さま……？」

「だから次の春には、社交界にもデビューしなければならないの。そうしたらもう来年の今頃は、貴女の側にいられないかもしれないのよ」

「そ、それは……」

アシュレイ達の生まれたユスティア王国では、十八歳の春に社交界にデビューするのが通例となっている。つまりそれは、次の春から姉の結婚相手選びが始まることを意味する。そして女性らしい柔らかな身体と、愛情溢れる温かな心を持つ姉ならば、相手はすぐに決まるだろう。

――そうしたらお姉さまは、本当に……。

来年の今頃、アシュレイの側にはいられないのかもしれない。こうして何気ない言葉を交わすことすら、叶わなくなるのかもしれない。

「エレオノーラお姉さま……」

アシュレイとて忘れていたわけではない。その程度の知識は王族である以上、当然のように持っている。

でもそのことを考えたらあまりの寂しさに涙が出てしまいそうで、アシュレイは無意識に頭の外へ追い出していたのだ。

それなのに姉に現実を突きつけられて、アシュレイの紅色の瞳には涙が浮かび始める。

「エレオノーラお姉さま、わたし……」

「あらあら、アシュレイは本当に泣き虫ね」

十六歳になっても、アシュレイの涙腺は相変わらず弱い。

瞳を潤ませているアシュレイを、エレオノーラはそっと抱きしめると、温かい手で妹の背中を愛おしそうに擦った。

「ねぇアシュレイ。わたくしね、一度で良いから建国記念日を祝うこのお祭りに貴女と参加してみたかったの。だから今日は悲しいことなんか忘れて楽しみましょう」

「……そうね、お姉さま」

「貴女とわたくしだけの、忘れられないほど幸せな思い出を作りましょうね」

「ええ、わかったわ。……来年の今頃はもうお姉さまの結婚で忙しいかもしれないから、今しかないのって言ったら、きっとクラレンスお兄さまも許してくださるはずよね」

アシュレイは心の底からそう思っていた。そのように話せば、なんだかんだと言いながらも許してくれるのが、アシュレイの知る優しい兄だった。

「――だめよ、アシュレイ」

「え……？」

エレオノーラが、滅多に聞いたことのないほど硬い声音でアシュレイを叱る。

「エレオノーラお姉さま……？」

「それだけは、絶対にだめよ。お兄さまにだけは、そう言ってはだめなのよ」

「だめ……？」

何度も繰り返されるだめという言葉に、アシュレイは言い様もない寒気を覚えた。エレオノーラの知るクラレンスは、アシュレイの知る優しいだけの兄とは異なるようだ。

アシュレイは姉から身体を離し、エレオノーラの顔をそっと覗き込む。

その刹那、エレオノーラはハッと目を見開き、すかさず悪戯っぽい笑みを妹に向けた。

「そう、アシュレイはだめよ。だって貴女は泣き虫ですもの」

「それは否定できないけれど、でも……」

「もしもわたくしの話をしている最中に、泣き出してしまったらどうするの？　お兄さまが困り果ててしまうわよ」

「そんな……お姉さまったら酷いわ」

姉の態度が変わったのは、一瞬だけだったようだ。次の瞬間、いつもの声音に戻った姉を見ながら、アシュレイは先ほどのはいったい何だったのだろうと思った。

「……もう、お姉さまなんて知らないんだから」

もしかしたら自分の錯覚かも知れないと思いながら、アシュレイは姉に向かって軽く怒ってみせた。

しかし妹を絶対的に愛する姉には何の効果もないようだ。

「あらあら、どうしましょう。わたくしの妹は、怒っている顔も可愛らしいみたい」

エレオノーラは空色の瞳を楽しげに細めて、アシュレイの膨らんだ頬を指でつんつんと突く。そのたびに頬から空気が少しずつ抜け、アシュレイの唇からは、鳥の鳴き声のような何とも間抜けな音が漏れた。

それがよほど楽しいのか、エレオノーラはますます笑みを深める。

姉の幸せそうな姿を見て、アシュレイは機嫌を直すと、エレオノーラの手を取り、賑わいを見せる街中へとともに歩き出した。


「エレオノーラお姉さま……」

柚子の香りに包まれた静かな浴室内に、アシュレイの震える声だけが響き渡る。

あの時は、二年後にまさかこんなことになっていようとは思いもしなかった。幸せだった日のことを思い出すと、アシュレイの瞳から溢れ出した涙が頬を伝い落ち、柚子の浮かぶ温かな湯を微かに揺らす。

——本当に、お姉さまの言うとおりだわ……。

エレオノーラは、ことあるごとに妹を泣き虫だと言っていたが、アシュレイはこの国に来てから余計に泣き虫になってしまったかもしれない。

エレオノーラやユスティア王国に対する想いと、ヴォルフガングやダルスタイン王国に対する想い。アシュレイという小さな器に押し込まれた、ふたつの相容れない想いが、アシュレイの心を苛《さいな》む。苦しさに溢れ出す涙を止める術など、泣き虫のアシュレイに見つけられるはずもなかった。

「お姉さま、私はどうしたらいいのかしら……」

ダルスタイン王国の王であるヴォルフガングと結婚して半月が経った。

その間、アシュレイは未だに何の行動も起こせていない。

そればかりか、祖国で暮らしていた頃よりも遙かに平穏な毎日を過ごしてしまっている。この国の獣人たちは誰ひとりとして、アシュレイの紅色の瞳を嫌悪しないためだ。

——ヴォルフガング様と同じように、ユスティア王国に伝わる迷信を信じていないから？　けれどそれでも、珍しい瞳の色であることに変わりはないでしょうに……。

やはり国が違うからか。それとも人間と獣人という生命の違いゆえなのか。

いずれにせよ、幼い頃から散々悪魔の瞳と陰口を叩かれ、苦しめられて来たアシュレイにとって、この国での生活は夢かと思ってしまうほどに快適だった。

「それに、ヴォルフガング様も……」

結婚式の夜、あれほど強引にアシュレイの純潔を奪ったにもかかわらず、彼はあの日以来一度も淫らに触れてこない。毎晩、ただアシュレイを抱きしめて眠る。

その温もりに、アシュレイはもう恐怖を抱いていない。気が変わったヴォルフガングに、その身に合う大きさの楔を乱暴に押し込まれる心配もしていない。

――だってヴォルフガング様が私に触れないのは、たぶん。

初夜のアシュレイの痛みや苦しみを十分に理解し、それを与えてしまったことについて、彼が今も後悔しているからだ。

あの日から毎晩、アシュレイに身体は痛まないかと問いかけ、大丈夫だと返すたびに彼の表情が安堵に和らぐことを、アシュレイはもう知っている。加えて、彼が本当は毎晩欲望を滾らせていることも。その上で、必死に我慢していることも。

――知りたくなどなかった。

彼の心遣いに気づいてしまい、アシュレイは思った。

いっそのこと無理矢理身体を奪い続けてほしかったと。暴君のように荒々しく犯し尽くして、アシュレイがいつまでも憎しみだけを糧にして生きて行くことを許してほしかったと。

「エレオノーラお姉さまのために、私はこの国に来たのに……」

ヴォルフガングは、泣きたいほどに真逆の行動を取る。アシュレイの身体も心も案じ、大切にしようとする。

けれどそれでは駄目なのだ。

一年前の悲劇の真相を知り、復讐のためにヴォルフガングを殺そうと思って、彼の下に嫁いできた。

——それなのに、私は……。

愚かなことに、身体から痛みが消えるにつれて、心を埋め尽くしていたヴォルフガングに対する憎しみまでもが消え始めている。その証拠に、アシュレイはいつの間にか彼のことを名で呼んでしまっていた。

「私はお姉さまに、たくさん愛されてきたのに……」

今のアシュレイは、エレオノーラを大切に思いつつも、居心地の良い現状を壊すことに恐れを抱いている。

本当に最低だ。大切な姉が自死を選ぶほど傷つけられたのに、アシュレイは傷つけた男の兄の隣で、穏やかな日々を送ってしまっている。

「私は、憎み続けなければいけないのに……憎み続けて、いたいのに……」

できない。だからといって、大切な姉を襲った悲劇自体を忘れてしまえるほど、薄情にもなれない。なってていいはずがない。

けれどヴォルフガングに告げられたあの言葉が、どうしてもアシュレイの胸の奥を揺さぶる。

『悪魔の瞳か。実に馬鹿馬鹿しい迷信だな』

生まれた時からアシュレイを苦しめ続けてきた迷信を、ヴォルフガングだけが馬鹿馬鹿しいと言い放った。

きっとあの瞬間から、アシュレイの心を覆い尽くしていた憎しみは溶け始めていたのだろう。

「ごめんなさい、エレオノーラお姉さま……」

アシュレイはもう、あの言葉を忘れることができない。憎むべき男の唇が紡いだ言葉だとわかっていても、それでも嬉しかった。

けれどエレオノーラを裏切って、ひとり幸せになろうとする自分を許すこともできないと、アシュレイが唇を噛み締めたその時。誰かが、コンコンと浴室の扉を叩いた。

「誰……？」

涙に濡れる声で問いかけてみるも、返事はない。

そもそもアシュレイのいる浴室に来るのは、侍女のエマだけだ。ただ、エマはもう、既にアシュレイの長い髪や身体を洗う手伝いを終えて、浴室からさがっているのだが。

「エマよね？　どうぞ……」

何か急ぎの用事でもあるのだろうかと、アシュレイは許可を出すと、涙の痕を消すために湯に濡れる手で乱暴に頬を拭った。その間に、浴室の扉ががらりと開かれた。

「入るぞ」

「えっ……？」

予想とは違う声に驚くアシュレイを見て、ヴォルフガングは不思議そうに首を捻る。

「どうかしたのか？」

「あ、貴方こそ、どうしてここに……？」

動揺して当然の状況だろうに、ヴォルフガングは困ったように眉尻を下げる。

「一応、扉は叩いたぞ」

「それは、そうですけれど……」

そもそもなぜ、アシュレイが入浴していると知りながら浴室に入って来るのか。

——それに……は、裸だわ……！

ぎょっとしたように身体を硬直させたアシュレイの頬が、見る見るうちに真っ赤に染まる。

「な、なぜ貴方は、何も身につけていらっしゃらないのですか……っ」

「お前の国では、浴室にドレスを着て入るのか？」

「いいえ、ドレスはもちろん脱ぎますが……そ、そういう意味ではありません……っ」

真面目な顔でとぼけないでほしい。

あまりにも会話が嚙み合わず、アシュレイは頭を抱えたくなった。

しかし自身も裸であることを思い出し、アシュレイはパッと両腕で胸を隠した。

「あの、出て行ってもらえますか？」

ヴォルフガングも裸なので顔を上げられず、アシュレイが俯いたまま頼む。

頼むという行為自体何かが間違っているような気もするが、この際致し方ない。浴室内にヴォルフガングがいては、いつまで経ってもアシュレイは湯船から出ることができないのだ。

「あまり冷たいことを言うな」

「ですが……」

「湯船は広いのだから、ふたりで入っても問題ないだろう」

だが、ヴォルフガングはわざとなのか。それともアシュレイの思いに気がついていないのか。こういう時に限って、アシュレイの頼みを聞いてはくれない。だからといって、このまま湯船に入り続けていたら逆上せてしまう。

アシュレイは胸の中で覚悟を決めると、今度はしっかりと男に退室を促すために顔を上げた。そして、想像していたよりも遙かに側まで近づいてきていたヴォルフガングの裸体の美しさに、つい我を忘れて呆然と見惚れてしまう。

――ユスティア王国の王宮の中庭に飾られていた、彫像みたい……。

岩のように硬そうな厚い胸板に、くっきりと割れている腹という、見るからに屈強そうな身体に、アシュレイの胸はどきどきと高鳴る。

その際、下半身まで視線を落としてしまいそうになり、アシュレイは慌てて口を開いた。

「でも、あの、もう私は出ようかと思っているので……」

「寂しいことを言わないで、少しつき合ってくれ」

真剣な表情で見つめられ、アシュレイは困り、また俯いた。

「それにしても、今日はまた一段と凄い数の柚子だな……」

湯船の側で足を止めると、ヴォルフガングは湯船の縁にコトリと何かを置いた。

そして近くにあった手桶で掬った湯を、幾度か頭や身体に掛けると、ヴォルフガングはざぶんと広い湯船に身を沈めた。

「……あっ」

身体の大きなヴォルフガングが勢いよく湯船に身を沈めたせいで、大きな波が立つ。浮かべられている小振りの柚子たちは可哀想なくらい揺れているし、その波は当然アシュレイの身体をも揺らす。

アシュレイは大きな波に抗いながらも、どうにかヴォルフガングに背を向けた。

「アシュレイ、ここに来い」

ヴォルフガングが、後ろからアシュレイを呼ぶ。

だが何も身に纏っていない状態で、ヴォルフガングの側に行けるはずがない。

アシュレイが無視すると、ヴォルフガングの声は低くなった。

「アシュレイ、来いと言っているだろう」

「……」

「おい……アシュレイ、こっちを向け」

威圧感を放っていた低い声が、段々と物悲しさを帯びる。

今頃あの黒い三角の耳が悲しそうに伏せられているのかと思うと、アシュレイは何とも言えない気持ちになった。

「アシュレイ……今日は、お前に良いものを持ってきてやったんだぞ」

「良いもの……？」

つい興味をそそられて、ヴォルフガングに背を向けたまま問い返す。

すると彼は、湯の中をざぶざぶと歩いてアシュレイの側までやって来た。

「ああ、とても良いものだ。だからアシュレイ、湯船の縁に座れ」

湯船の縁に腰を掛けるなど、何もかも全てを男に見せるようなものだ。できるわけがない。

「……あの、良いものとは何でしょうか？」

男の命を無視して、アシュレイが問いかける。

「良いものは、良いものだ。教えてやるから、早くここに座れ」

ヴォルフガングはアシュレイの後ろまでやって来ると、湯の中に身を沈め、彼女の身体に手を伸ばしてきた。

「……っ、きゃ……っ」

湯の中なので、ヴォルフガングはいつも以上に軽々とアシュレイの身体を持ち上げ、自身のがっしりとした脚の上に彼女を載せる。

「……わかるか？」

耳朶に熱い吐息を吹き掛けられると、身体が勝手に震える。

「半月待った。だから今宵こそは、お前の中に入りたい」

臀部に押し当てられた硬いものが何なのか、アシュレイにも想像できる。

「で、ですが……」

「不安か？」

アシュレイの身体をそっと抱きしめ、ヴォルフガングが心配そうに尋ねる。彼は今も、初夜にアシュレイに大きな痛みを与えたことを気にしているのだろう。

「アシュレイ、俺を受け入れるのが怖いか？」

戸惑うアシュレイの耳朶《じだ》を、ヴォルフガングの熱い吐息が擽る。

その問いに、アシュレイは肯定も否定もできない。怯える自分を叱咤する矜持と、あの夜の痛みを思い出して恐れる本能がぶつかり合い、言葉が出てこないのだ。

ただ、嫌という気持ちが湧き上がることはない。そのことが不思議で、自分の心が自分でもよくわからず、反応を返せないアシュレイの耳に、ヴォルフガングが唇を押し当てる。

「……あの夜は悪かった。お前も、もう少し太るだろうと予想していたんだ」

「太る……？」

「だが、お前は細いままだった」

ヴォルフガングの言いたいことが、アシュレイにはさっぱりわからない。

――でも、太るだなんて……エレオノーラお姉さまが聞いたら、怒りそうな言葉だわ。

エレオノーラは、アシュレイよりも女性らしい柔らかな身体を持っており、それゆえ太るという言葉に敏感だった。

その言葉が原因で、エレオノーラは過去に誰かと喧嘩をしていたことだってあるのだ。エレオノーラのことをぼんやり考えていたアシュレイの耳朶を、ヴォルフガングがパクリと食む。

「……あっ」

「今宵は痛みを与えないと、約束しよう」

熱い口内に耳朶を招かれて、背筋にぞくりと甘い痺れが走る。

「けれど私は、やっぱり痛いのは……」

「心配するな。そのための良いものだ」

わかりましたと答えるべきなのか。それとも、やはりやめてほしいと答えるべきなのか。

姉の敵である憎むべき獣人に懇願されて、迷う時点でもう答えが出ているのではないかと、アシュレイは弱い自分を責めた。そんなアシュレイの肌に貼りついている銀色の髪を、ヴォルフガングは指で丁寧に剝がすと、項にキスを落とす。

「頼むアシュレイ、俺にもう一度お前に触れられるチャンスをくれ」

アシュレイは無意識に頷いてしまった。そして、ヴォルフガングの手に促されるまま、上半身を捩らせて後ろを振り返る。

向けられる眼差しが身を焦がすように熱い。アシュレイが吸い寄せられるように見つめていると、ヴォルフガングは彼女の唇に己のそれを重ね合わせた。

「んっ……」

アシュレイは恥ずかしさに頰を紅潮させ、口づけられた擽ったさに微かな吐息を漏らした。

するとヴォルフガングは、アシュレイの目の前に小瓶を差し出す。

「これが何だかわかるか？」

透明な小瓶の中には、淡い桃色の液体が入っているようだ。

「いいえ、わかりません……」

「アシュレイ、これは媚薬《びやく》だ」

「媚薬、ですか……？」

「ああ、この媚薬を使えば、お前も痛い思いなどせずに済むはずだ」

真剣な表情で言うヴォルフガングに、アシュレイが首を傾げる。

「あの……媚薬というのは、何でしょうか？」

王位継承者として、毒や薬についての知識を十分に得ている兄のクラレンスと違い、末の王女であるアシュレイにはそれらの知識がほとんどない。

そのために媚薬というものが何なのかわからず、アシュレイが不思議そうに小瓶を眺めていると、ヴォルフガングはその小瓶の蓋に指を掛けた。

「あ……」

きゅぽんと可愛らしい音がして、小瓶の蓋が開くと同時に、甘い桃のような香りがふわりと鼻腔を擽る。

「良い香りだろう。それに味もなかなかだぞ」

ヴォルフガングが、自身の手のひらに小瓶の中の液体をとろりと垂らす。

淡い桃色の液体は、いくらか粘り気があるようだ。

小瓶と蓋を湯船の縁に置き、手のひらに垂らした液体を指で掬い上げると、ヴォルフガングはその指を自分の口の中に入れる。

「え、あの、毒ではないのですか……？」

「身体に害はない。これを塗れば、お前の中の滑りはさらに良くなり、感度も多少上がるらしいぞ」

そしてヴォルフガングが、アシュレイにも舐めてみろと言うように、液体が垂らされた手のひらを目の前に差し出す。

指で掬い取って口に含むと、香りと同様に桃のような甘い味が広がった。

「……甘いです」

「口から摂取してもいいそうだ。だからもう少し舐めておけ」

促されるままに、ヴォルフガングの手のひらから再び媚薬を掬い取る。

——甘い。……でも案外、美味しいかもしれない。

アシュレイがもう一度液体を掬い取ろうとすると、ヴォルフガングは「待て」と止めた。

「え……？」

アシュレイの代わりに今度は自分の指で液体を掬い上げ、ヴォルフガングが彼女の唇の前にその指を差し出す。

「……ほら、舐めろ」

アシュレイはその指を、促されるままに舐めた。

「アシュレイ、もう一度だ」

——なぜだろう……。

ただ指を舐めているだけなのに、アシュレイは何だか自分が卑猥な行為をしているような気がしていた。

そしてヴォルフガングも同じことを思っているのか。アシュレイを見つめる琥珀色の瞳に、情欲の炎がゆらゆらと揺らめいている。

——でも、嫌じゃない。

アシュレイはなぜかもう、この琥珀色の瞳に恐怖も嫌悪も抱いていない。

ヴォルフガングの指が、いつの間にかアシュレイの口内に入り込み、さまざまな場所を撫で擦る。

「ん……ぅ……」

指に残る媚薬を唇の裏や歯列に塗り込めるようになぞられると、胸のあたりがさわさわとして何だか落ち着かなくなってくる。

アシュレイの口内を指で優しく搔き回しながら、ヴォルフガングが問いかける。

「美味いか？」

アシュレイは素直に頷いた。

「そうか……」

ヴォルフガングが嬉しそうに目を細める。

それから彼は、ちゅぽんと可愛らしい水音を立てつつアシュレイの口から指を抜いた。

頭がぼんやりとする。気のせいか身体の奥もじんわりと温まってきているように思える。

媚薬の効果というのは、これほど早く現れるものなのだろうか。

そのようなことを考えていると、ヴォルフガングは媚薬をまとわせていない方の手の指先を胸に伸ばしてきた。

「ふ、ぁ……」

「お前の胸は、やはり柔らかいな」

ヴォルフガングの大きな手が、まるでパン生地を捏ねるかのように、双丘をふにふにと撫で回す。

「腰は細いままだったが……もしかすると、ここは大きくなったのかもしれないな」

「んっ……ふ、ぇ……？」

なぜだろう。まるでヴォルフガングは、以前のアシュレイの姿を知っているようだ。

でも結婚式で初めて顔を合わせたはずの彼が知っているはずはないのにと、ぼんやりする頭で思う。

「だが、誰かに揉ませたわけではないよな？」

一転して不機嫌そうに眉間に皺を寄せると、アシュレイの身体を持ち上げ、湯船の縁に座らせた。そして、ゆっくりと彼女の両脚を開き、その間に陣取るとヴォルフガングはアシュレイの胸に顔を近づけた。

「ああ、お前の身体にあるのは俺の匂いだけだ」

ヴォルフガングが安堵したように表情を和らげる。

「匂い……？」

「言っただろう？　俺達獣人は嗅覚が優れている」

「そういえば……」

双丘を揉みしだいている手を止めて、ヴォルフガングがアシュレイの胸元ですうっと息を吸い込む。

「だから当然、他の男の匂いもわかるぞ」

「他の男……？」

「お前の夫は獣人だからな。一生涯、浮気などできないと思っておけ」

傲慢でありながら、失礼でもあるヴォルフガングらしい台詞だ。

でもその台詞を呟いた男の耳は、悲しそうに伏せられている。たぶん、アシュレイが浮気をした時のことでも想像しているのだろう。

――この人は、ダルスタイン王国の獣人王なのに……。

威厳の中に漂う哀愁のようなものが、アシュレイの胸をいじらしく擽る。

「……私は別に、浮気なんてしません」

アシュレイの唇から、思いがけない言葉が飛び出した。そのことに自分でも驚き、ぽかんと口を開ける。

「ええと、あの、今のはその……」

企みがあったとはいえ、仮にもヴォルフガングと結婚した身だ。自分の貞淑を疑われたようで、アシュレイは腹立たしかったのだと思う。

それでも自分の口から飛び出した強い言葉に戸惑い、どうにか言い繕おうとしていると、ヴォルフガングが胸元から顔を上げた。

「アシュレイ……」

彼も驚いているのだろう。瞳を零れ落ちてしまいそうなくらい大きく見開いている。

「今の言葉は本当か？」

「え？　あ、それは……」

「本当なのか答えてくれ。アシュレイ、頼む」

縋るように見つめられては、嘘など吐けそうにない。それ以前に、アシュレイは多情な人間でもない。

だからこそ本当だと伝えるように頷き返すと、ヴォルフガングが身を乗り出し、アシュレイの唇に己の唇を重ねた。

「ふ、ぅ……」

互いの口内に媚薬が残っているからか、差し入れられた彼の舌が甘い。

蕩けそうに熱いヴォルフガングの舌に絡め取られると、全身にぞくぞくとした甘い痺れが走る。

アシュレイはいつの間にか、その痺れを追い求めるように、ヴォルフガングの舌を受け入れていた。

──媚薬のせいかもしれない。

でも、もしかすると本当は媚薬のせいにしたいだけなのかもしれない。

ただ今は何も考えずに、この甘い痺れを味わいたいと思った。

そのためにおずおずと舌を絡めれば、ヴォルフガングの手がアシュレイの腰をぐいっと抱き寄せた。

「あ……ん、んぅ……」

唾液を塗り込めるように舌を弄われると、腰骨が蕩けそうなほどに心地が好くて、下腹の奥もじゅんと潤う。扱くように吸い上げられると、下肢の間に甘い電流のようなものが走り、堪えきれず無意識に膝を擦り合わせてしまう。

深い口づけは、どうやら、アシュレイの身体のみならず心にまで媚薬の効果を届けてしまったようだ。

「……アシュレイ、お前だけだ」

ヴォルフガングが口づけの合間に囁く。

「俺には、お前だけなんだ……」

熱い吐息とともに告げられた瞬間、胸の奥にぶわりと温かいものが広がった。

「ヴォルフガングさま……んっ」

再び、唇が重なり合う。

同時に膨らみを捏ねられると媚薬の効果が現れ始めているのか、胸の頂が刺激を求めて疼き出す。

「ぁ、ふ……んぁ……」

「お前は、俺のただひとりの番だ」

番という言葉にも、アシュレイの胸は勝手に高鳴ってしまう。

ヴォルフガングは顔を離すと、アシュレイの膨らみに唇を寄せた。

「甘いな……」

「ぁっ、それは、媚薬が……ぁ、ん……」

「違う、お前自身も甘いんだ」

身体の中から湧き上がる熱と、羞恥により薄紅色に染まっている肌を、ヴォルフガングが幾度も吸い上げる。

そのたびに、アシュレイの肌には紅色の花弁が散りばめられた。

幾つも咲き乱れるそれを、ヴォルフガングは嬉しそうに舐め上げる。

「綺麗だな……」

「っ、ん……」

胸元で囁かれると、肌が吐息にまで敏感に反応してしまう。

「媚薬で感度が上がっているのか？　……いや、お前は元々敏感だったな」

面白がるように、ヴォルフガングがアシュレイの膨らみにふうと熱い吐息を吹き掛ける。

「ひぁっ……」

吐息に胸の蕾を擽られると、身体が勝手にぴくりと跳ねてしまい、アシュレイはそれを抑えるように湯船の縁を握りしめた。

「この蕾も良い色だ。お前の瞳のように美しい」

「やっ、もう、そういうことを仰るのは……」

「事実だろう。何よりも美しい、この色は俺の番の証だからな」

「は、ぁあ……っ」

男の言葉に返答する間もなく、ヴォルフガングが紅色に染まりつつある胸の頂を口に含む。舌に押し潰されれば押し潰されるほど弾力を増していく乳首から得られる快感に、アシュレイは背を弓なりに反らせた。

「あぁっ、だめ……っ」

舌で弄っていない反対側の乳首を、ヴォルフガングの指がきゅうと摘み上げる。

指に残る媚薬を塗り込めるように揉み込まれて、髪を振り乱して暴れてしまいそうなほどの愉悦が、アシュレイの身体を襲った。

「だめ、なの……っ、触っちゃ……や、ぁあっ」

うわごとのように、アシュレイが「だめ、だめ」と繰り返す。

反面、自分が本当はだめだと思っていないことに、アシュレイ自身も気づいていた。

そしてヴォルフガングもまたわかっているからこそ、舌や指で乳首を弄い、アシュレイに快感を与え続けているのだ。

「……ああ、この前よりも濡れているな」

乳首を捏ね回していた手が下腹へするりと滑り落ち、指が秘裂をなぞる。

くちゅりと淫らな音がして、アシュレイの頬はこれ以上ないほど真っ赤に染まった。

「……ぁっ、そこは……」

「恥ずかしがるな。……いや、恥ずかしがるお前も可愛いが、ここが濡れていないとまた痛むだけぞ」

可愛いと言われて胸が高鳴り、痛むと言われて心臓が怯えたように跳ね上がる。

「い、痛いのは……いや、です……」

では痛くなければ良いのかと、ヴォルフガングは敢えて問わなかった。

けれど問われていたらきっと、アシュレイは良いと答えてしまっていただろう。

媚薬の効果は、確実に脳にまで浸透しているようだ。

ヴォルフガングは、また自身の手のひらに媚薬をとろりと垂らした。今度は心なしか量が多いような気もする。

「アシュレイ、脚を開け」

何て傲慢で、屈辱的な言葉なのだろう。

でもそれは、アシュレイを辱めるためではない。ただ痛みを軽減させるための命令なのだとわかったからこそ、アシュレイは素直におずおずと脚を開いた。

「ん、っ……」

粘り気のある液体を纏った指が、ふっくらとした花弁を掻き分ける。

指が媚薬を塗り込めるように秘裂をぬるぬると往復すると、何だか気持ちがよくて堪らない。

もっと強い刺激を求めて、腰を揺らしてしまいそうになるのも、媚薬が効いてきている証拠なのだろう。

それでも、真剣な表情で媚薬を塗り込めているヴォルフガングに気づかれるのは恥ずかしくて、アシュレイは足の爪先を丸めてどうにか耐えた。

媚薬を纏ったヴォルフガングの指が、蜜口の奥にぬぷりと埋められる。

「まだ狭いな……痛むか？」

「い、いいえ……」

否定しながらも、揺れる瞳から涙が零れ落ちる。

「怖いのか？　……悪かったな、前回も媚薬を用意しておけば良かった」

零れ落ちた涙をぺろりと舐め、ヴォルフガングが眉尻を下げる。

けれど客観的に考えれば、彼が反省や後悔をする必要などない。アシュレイが先にヴォルフガングの命を狙った以上、激情のあまりいきなり楔を押し込まれても、致し方なかったはずだ。

それなのにヴォルフガングは、こうしてアシュレイに憎み続けられなくなるような言動ばかり取る。

——そのせいでアシュレイはもう。

その時、ヴォルフガングがアシュレイの思考を断ち切るように、ちゅぷりと音を立てながら蜜壺から指を抜いた。

「やはりもう少し、お前の中が蕩けてからにするか」

「え……？」

「先に一度……いや、二度くらい達《い》かせてからにしよう」

ヴォルフガングがひとりごちて、蜜壺から抜いた指に再び媚薬を絡ませた。そして媚肉に再び媚薬を塗り込めるようになぞる。

「あっ、ん……」

「このあたりなら、まだ気持ちが良いだけのようだな」

しかし、この身体の疼きを解放するには足りない。下腹の奥に溜まりつつある快感の粒を弾けさせるには、もっと強い刺激が欲しい。だからといって、自分から腰を揺らすのは、あまりにもはしたない。

それくらいの理性は、まだアシュレイの中にも残っている。だが、じりじりと疼いて仕方のない身体は我慢できず、アシュレイの腰は勝手にゆらゆらと揺れ始めた。

「何だ、刺激が足りないのか？」

ヴォルフガングの大きな耳が、注意深く観察するようにピンと立つ。

「や、ぅ……そ、そういうわけでは……ぁんっ」

一度だけぬるりと媚肉を強めに撫でられて、腰がびくりと期待するように跳ねる。

「アシュレイ、本当に違うのか？」

充血した花弁をくちゅくちゅと優しくなぞられるのは、とても気持ちが良いけれど、その程度の刺激では、下腹の奥の疼きをどうすることもできない。それなのにただひたすら弱い刺激を与えられ続けると、物足りなさに焦れて焦れて、頭がおかしくなってしまいそうになる。

「違うのなら、このまま続けるが……」

「ぁっ、や、やだ……んっ」

このまま弱く刺激され続けては困る。身体が疼いておかしくなりそうだと、アシュレイはむずかるように涙を零した。

するとヴォルフガングは、その涙を唇で拭うと、嬉しそうにアシュレイに問い掛けた。

「アシュレイ、どうして欲しいんだ？」

ヴォルフガングはもう気がついているのだろう。気がついていてなお、アシュレイに答えさせようとするこの獣人は、恨めしいほどに意地悪だ。

「お前の望みなら何でも叶えてやる。だから教えてくれ、アシュレイ」

本当に恨めしい。でも、脳を蕩かすような甘い声に鼓膜を擽られると、羞恥も何もかもを忘れて、はしたない願いを口にしてしまいそうになる。

けれどそれだけはまだ、微かに残るアシュレイの矜持が許そうとはしない。

媚薬のせいで頭が上手く働かない中、それでも必死に考えて、考えた末にアシュレイは花弁をゆるゆるとなぞっている男の腕に縋りついた。

「ヴォルフガング、さま……ぁっ」

助けてと続けた刹那、ヴォルフガングは音を立てて唾を呑み込み、柔らかな花弁を撫で続けていた指で、上部にある突起をくりゅんと押し潰した。

「ふ、あぁっ、だめ、っ……そこは……っ」

「遠慮しないで良い。お前はここが一番好きなのだろう？」

他の指で媚肉を緩やかに撫でつつ、親指は媚薬を塗り込めるように、ぬるぬると膨れた花芽を転がす。

さっきまで頂に辿り着くことだけを目指して、じりじりと疼き続けていた身体だ。

敏感な蕾を少し捏ねられただけで、いとも容易く溜まり続けていた疼きは解放の時を迎えた。

「あ、んん――っ！」

内腿にきゅっと力が入り、腰がびくりと跳ねる。爪先は湯を蹴り、蜜壁はまだ何も埋められていないのに、何かを欲しがるように蠢く。快感の源である紅玉もまた、彼の指に答えるように脈を打った。

「上手に達することができたな、偉いぞ」

腕の中で身体を震わせているアシュレイの背を、ヴォルフガングが褒めるように撫でる。

下腹の奥に溜まる快感の粒を弾けさせられて、アシュレイは荒い息を吐き出した。その最中、彼の指がまた蜜壺の奥につぷりと埋められた。

「ん、ぅ……」

指はぬちゅりと前よりも大きな水音を立てて侵入し、たしかめるようにぐるりと内壁をなぞる。

「ああ、だいぶ潤ってきたな……」

「……っ、あ、もう私なら……」

たぶん身体の準備は整っていると言い掛けるも、痛みに対する不安が過り、結局途中でやめる。

ただ、やはり自分だけが乱され、快感に翻弄されている状況には羞恥しかない。それゆえにアシュレイが困ったように眉尻を下げると、ヴォルフガングは蜜壺から指を引き抜き、彼女の額にそっとキスを落とした。

「そう焦るな。今宵は痛みを与えないと約束しただろう」

「でも、私だけこんな……」

「お前を乱れさせられるのは、俺だけの特権だ。そもそも、二度も番の身体を傷つけられる獣人がいるとでも思うのか？」

ヴォルフガングはよほど、初夜のことを気にしているようだ。その一方で、脅して純潔を奪ったことに対してはそれほど後悔していないようにも見える獣人の心は、アシュレイが思っているよりも複雑なのか。それとも、案外単純にできているのか。

ぼんやりとした頭で、どちらなのだろうと悩むアシュレイの身体を、ヴォルフガングはふいに抱き上げた。

「あっ……」

「危ないから、壁に寄り掛かっていろ」

そしてヴォルフガングは、アシュレイの背中を湯船の縁の向こう側の壁に寄り掛からせた。そのままぐいっとアシュレイの両脚を開き、湯船の縁に足裏を載せる。

「や、やだっ、待って……」

アシュレイはぎょっとして顔を引き攣らせた。

「何も心配することはない。ただ気持ちの良いことをしてやるだけだ」

脚を思い切り開かれている状態で、自分は何をされるのか。ヴォルフガングが初夜にしたことを思い出し、アシュレイの身体が焼けるような熱を持つ。心は羞恥に慄いたが、身体は快楽を期待するかのように、とぷりと下腹の奥から蜜を溢れさせた。

「つ、だめ、恥ずかしいの……」

明るい場所で、自分でもしっかりと見たことのないところを容易く晒せるほど、アシュレイの心は頑丈にできていない。

あまりの羞恥からついほろりと涙が頬を伝うと、ヴォルフガングは大きな手を伸ばしてそれを拭い取り、ぐうと獣のような唸り声を上げた。

「マジェリスの花の毒より、お前の愛らしさの方がよっぽど俺を殺せると思うぞ」

「へ……？」

ヴォルフガングはいったい何を言い出したのかと、アシュレイが間抜けな声を漏らす。

だがヴォルフガングは、その隙に剝き出しの秘所に顔を近づけると、アシュレイが我に返るよりも先に、潤む秘裂をぺろりと舐め上げた。

「ひ、ぁあっ」

媚薬と蜜に塗れてとろとろに溶けている花弁を、ヴォルフガングが下から上へと何度も丁寧に舐め上げる。指とはまた違う熱さや硬さを持った肉厚の舌は、すぐさまアシュレイに目眩がしそうなほどの愉悦をもたらした。

「……なるほど、媚薬よりお前の蜜の方が甘いのか」

新しい発見をしたとでも言うように、ヴォルフガングが嬉しそうに言う。

アシュレイは、羞恥ではなく男に与えられる快感によって涙を溢れさせた。

「あぁっ、んぁっ、だめ……っ」

ぴちゃぴちゃと淫猥な水音が広い浴室内に響き渡る。

音として耳から感じ取る刺激に加えて、下肢の間を見下ろせば、耳をピンと立てたヴォルフガングが自分の秘所にむしゃぶりついていて、目からも感じる衝撃に、アシュレイは今にも気を失ってしまいそうだ。

けれど貪欲に快楽を求める身体は、さらなる高みに向かいたいと主張するように揺れ始めた。

「また達したいのか？」

「ん、ぅ……っ、ちが……ぁ、あぁっ」

「お前の可愛らしいここも舐めてやるから、遠慮なく達すればいい」

「やっ、だめ……っ、そこは、だめ……なの……っ」

ふっくらとした花弁をぬるぬるとなぞっていた舌が、その上の膨らんだ蕾をねっとりと舐め上げる。そのまま花芯を熱い口内に招き入れられた瞬間、アシュレイは湯船の縁を強く摑んだ。

「つ、ふ、あぁぁ――っ」

舌で器用に莢を剝いて顔を出させた花芽を、男が転がすように舐める。かと思えば舌先でぐりぐりと真上から押し潰し、膨れた蕾を小刻みに震わせる。

媚薬でいっそう敏感になり、ずきずきと甘い疼きを生み出している秘玉を、美味しそうに舐り回され、そこから発せられる鋭い熱に、身体ごと焼き尽くされてしまいそうな感覚に陥る。

全身が熱くて堪らず、アシュレイが濡れた銀色の髪を振り乱していると、ヴォルフガングはとめどないほどに蜜が零れ落ちている蜜壺に、節榑立った指をぐちゅりと埋めた。

「……っ、は、あぁっ、一緒に触っちゃ……ぁ、んっ」

慎重に侵入してきた指が、ゆっくりと中を掻き回す。媚肉に潤いが行き渡っているかどうか確認するようぐるりとなぞり、そして大丈夫だと判断したのだろう。

指がもう一本、蕩ける蜜洞に追加された。にもかかわらずアシュレイの身体は、もはや痛みなど感じない。

「……アシュレイ、痛みはないな？」

念を押すように確認するヴォルフガングに、快感で脳が焼き尽くされそうになりながらも、アシュレイがこくこくと頷き返す。

すると中に埋められている二本の指が、今度はばらばらに動き始めた。

「ぁ、んっ……あ、ぁあっ」

「たしかこの辺にも、いいところがあったよな……」

ヴォルフガングが慎重に内壁を探ると、途端にさざ波のような愉悦が湧き上がる。身体の奥に響く深い快感に、アシュレイはもう溺れてしまいそうだ。

「アシュレイ、指を増やすぞ」

様子を窺いつつ、さらにぐしゅりと淫靡な水音を奏でて、三本目の指が蜜壺に沈み込む。

「大丈夫か？」

「ぁっ、平気で……ん、んあっ」

問われれば頷き返すものの、もはや何を問われているのかも理解できていない。ただ初夜の時と違って痛みはなく、ヴォルフガングはアシュレイの様子からそれを悟ると、安心したように表情を緩めた。

「そうか。だが念のため、もう一度達しておけ」

「え、っ……やぁっ、待って……ふ、あぁっ」

蜜壁いっぱいに埋まる三本の指で内側を押し上げられると、快楽の粒が下腹の奥に集まる。媚肉も疼き、きゅうきゅうと指を締めつける。それを受けて、ヴォルフガングが充血した秘玉をきつく吸い上げた瞬間、アシュレイは声にもならない甘い悲鳴を上げながら腰を突き出した。再び昇りつめ、蜜壁は精を絞り取るように収縮する。深い絶頂に、アシュレイの頭はくらくらとし、身体はふわふわと宙に浮いているような軽さを感じた。

「ぁ、ヴォルフガングさま……」

力が抜けて、ずるずると横に倒れ込みそうになったアシュレイの身体を、ヴォルフガングは素早く蜜壷から指を抜いて支える。

「大丈夫か？」

アシュレイはヴォルフガングの腕にぐったりと身体を預け、荒い息を吐き出しつつ頷いた。

呼吸が整うまでの間中、ずっとアシュレイの背中を擦り続け、そして落ち着いてきた頃、ヴォルフガングは緊張したように耳をピンと立たせながら問いかけた。

「アシュレイ、いいか？」

強い輝きを放つ琥珀色の瞳に見つめられ、胸がトクリと高鳴る。アシュレイがこくりと頷き返せば、ヴォルフガングの太い尻尾がぱしゃんと湯を揺らした。そして、頭も心も理性も何もかもが蕩けた状態で、本能が紡ぎ出したアシュレイの答えに、ヴォルフガングは安堵したように息を吐くと、彼女の隣に腰を下ろした。

「あの、ヴォルフガングさま……？」

アシュレイの予想とは違い、湯船の縁にふたり並んで腰を掛ける。

その体勢でどうするのかと、不思議そうに彼を眺めていると、ヴォルフガングは隣に座るアシュレイの腰を両手で掴み、そうっと持ち上げた。

「えっ……」

「痛みを覚えたらすぐに教えてくれ」

自分の太ももの上に、ヴォルフガングが慎重にアシュレイの身体を下ろす。

「あ……ん、っ……」

蜜と媚薬でとろとろに溶けている花弁に、猛る欲望が口づける。それだけでもう、アシュレイの身体はきゅんと切なく疼いた。

少しずつ身体が下ろされていくにつれ、ぬめる蜜口を屹立の先端が押し広げていく。

「ふ、ぅ……」

「息を詰めるな。アシュレイ、少しずつ息を吐き続けるんだ」

背後から聞こえる助言に従い、アシュレイがふうと息を吐き出す。その間も雄茎は、媚壁を擦りつつ、最奥を目指してずぶずぶと進み続ける。

「ん、んぅ……ぁ、あぁっ」

ゆっくりと沈み込み、火傷しそうに熱い欲望が最奥にこつんとぶつかった瞬間、アシュレイの胸の奥に砂糖菓子よりも甘い痺れが駆け抜けた。

「何度も達したのに、お前の中はまだ狭いな……」

ヴォルフガングがアシュレイの耳元で、吐精を堪えるように息を吐き出す。

「……アシュレイ、どうだ？　痛みはないか？」

「大丈夫、です……」

痛みはない。それでも指とは比べものにならないほど、ヴォルフガングの欲望は太く長く硬い。

アシュレイは下腹の奥を占める圧迫感を逃がすように、ゆっくりと深呼吸をした。とろとろに蕩けている媚壁は、男を喜んで迎え入れ、息苦しいほどの圧迫感の中に、何とも言えない心地好さを見つけ出している。

「お前の中は、堪らないな……」

ヴォルフガングの漏らした熱い吐息は、アシュレイの耳朶を擽る。その微かな刺激にすら、身体は敏感に反応してしまう。

そして深い快感を強請るようにアシュレイの腰が淫らに揺れた瞬間、ヴォルフガングは慄いたように息を吞んだ。

「く、っ……待て、アシュレイ……」

焦りを感じさせるヴォルフガングの声音に、アシュレイはふと疑問を覚えた。

——そういえば、どうなのだろう。

これほど体格が違うのに、ヴォルフガングは痛みを感じたりなどしないのだろうか。アシュレイのことばかり心配しているけれども、彼自身は大丈夫なのだろうか。

「あの、ヴォルフガング様は、痛みなど感じないのですか……？」

後ろにいるヴォルフガングの表情を窺い知ることができないので、アシュレイは返答を待った。

その直後、アシュレイの中に埋められている屹立が、ぐんと質量を増した。

「ん、ぅっ……」

「……っ、悪い、大丈夫か？」

ヴォルフガングが、苦痛を与えてしまったのかとアシュレイを気遣う。

でもアシュレイからすると、ヴォルフガングの方がよほど辛そうに思える。

「私は、大丈夫です……けれど、ヴォルフガング様は……？」

どうして自分は、彼のことをこれほど心配してしまうのだろう。自分でもよくわからず、迷子のような感覚に陥り、アシュレイは縋るように彼の腕をぎゅうと握り締めた。

その刹那、ヴォルフガングがアシュレイの身体を愛おしそうに抱きしめた。

「苦しそうなお前には悪いが、俺は物凄くいい。……幸せな夢でも見ているのかと思うほど、お前の中は堪らないんだ」

熱い吐息とともに告げられ、アシュレイの瞳からぽろりと涙が零れ落ちた。

この涙は何なのだろう。悲しいから流れるのだろうか。

——違う。私は、嬉しいの……。

悪魔の瞳を持つアシュレイを愛してくれるのは、エレオノーラだけだ。姉の愛情だけを糧に、アシュレイは今までもこれからも、ひとりで生きて行くのだと思っていた。

それなのにヴォルフガングは、アシュレイを愛おしそうに抱きしめる。

——私には、それが嬉しくて堪らないの。

でもだめだ。アシュレイに愛情を注ぎ、アシュレイに幸せというものを教えようとしている相手は、決して愛してはならない獣人なのだ。

——ごめんなさい、エレオノーラお姉さま。

ヴォルフガングに抱き始めた小さな想いを自覚して、同時に自分の愚かさにも気づかされる。涙がぼろぼろと瞳から零れ落ちて止まらない。

「……アシュレイ、泣いているのか？」

身体を震わせながらしゃくりあげるアシュレイに、ヴォルフガングが気づかないはずがない。心の底から案じるような彼の声音にも、アシュレイの胸は情けないほどときめいてしまう。

「い、いえ……」

「お前は嘘が下手だな。それに、相変わらず泣き虫のようだ」

ヴォルフガングが、懐かしそうに吐息を漏らしながら微笑む。

「わ、私は、泣いてなど……」

「隠すな。泣きたければ、好きなだけ泣けばいい」

「でも……」

「泣いて、泣いて、泣き疲れるほどに泣いて……そうしてまた、俺を憎めばいい」

憎めばいいという言葉が、アシュレイの耳には愚かにも、愛しているという言葉に聞こえた。そうであれば良いと願う気持ちが、鼓膜にそのように届けたのだ。

「お前がどれだけ俺を憎もうと、それでもお前は俺のただひとりの番だ」

番という言葉を聞いて、またひと粒涙が頬を伝う。

——私はもう知っている。

嫁いで来たその日から気になり続けていた、番という人間社会には馴染みのない言葉の意味を。獣人にとっては、自身の命よりも大切な存在なのだと、家庭教師のサーシャから詳しく教えられたのだ。

——その獣人だけが感じ取れる香りを放つ、生涯にただひとりの存在。自分の対となる、獣人にとって何より特別な存在。

それが番であると初めて聞いた時には、人間であるアシュレイには今ひとつ理解ができなかった。番という存在がどれほど獣人の心を奪うのかも、まるでわからなかった。

でも今のアシュレイは、その身に番としての深い愛情を染み込ませられている。だから獣人にとっての番の意味を、アシュレイはもう十分すぎるほどに理解できている。

自分の命を狙われてなおアシュレイを側に置き、愛情をもって慈しもうとするヴォルフガングは、まさにサーシャの言う獣人そのものだ。

――そして今、彼が嵌めている腕輪の意味も。

サーシャはこっそりと、アシュレイに教えてくれた。

香りだけでは時間の掛かる番探しのヒントとして、王族にだけ与えられるものだと。ついでに亡き先代の国王も、そのヒントを頼りに異国の王女であった王太后を、ほとんど連れ去るような形で娶ってしまったことも。

そこまで獣人を狂わせてしまう、番という存在を見つけ出すための何よりのヒントが、あの腕輪なのだという。

腕輪に埋められている宝石と同じ色の瞳を持つ者が番であり、ヴォルフガングの腕輪には紅色の宝石が埋められている。つまりあの紅色の宝石は自分を指しているのだと知った時、アシュレイの頭にはひとつの疑問が芽生えた。

――ヴォルフガング様はいつ、私を見つけ出したのだろう。

一年に一度のユスティア王国の建国記念式典で、彼を見た記憶がアシュレイにはない。というよりも人が多すぎて、誰が出席していたのかも碌《ろく》に覚えていないほどだ。果たしてヴォルフガングは、いつアシュレイを番だと認識したのか。

聞いてみたい。けれど聞いてはならないと思う。

聞けばさらに、彼に対する想いを深めてしまいそうだ。そうとわかっていながら聞くことなど、これ以上に大切な姉を裏切ることなど、アシュレイにはとてもできない。

「ヴォルフガングさま……」

貴方はどうして、私に自分を憎めと仰るのですか。

貴方はもしや、何か大切なことを隠していらっしゃるのですか。

自分に都合の良い答えだけが返ってくることを望む愚かなアシュレイに、尋ねる資格はない。

「どうした？　……ああ、もしや動いて欲しいのか？」

揶揄《からか》うような、少し意地悪な声が、アシュレイの鼓膜を擽る。

「……お願い」

「アシュレイ？」

「お願い、ヴォルフガングさま……もう、苦しいの……」

だから動いてと、今は余計なことなど考えず、ただ甘い快楽の海に溺れてしまいたいと願い、アシュレイが強請るように腰を揺らした時だ。

ヴォルフガングはぐうと腹を空かした獣のように唸ると、アシュレイの項にかぷりと噛みついた。

「ん、っ……」

「……良いだろう。大切な番の願いだ、叶えてやる」

腰をずんと突き上げられ、アシュレイは背を弓なりに反らせた。

「ああぁ――っ」

アシュレイの身体をしっかりと抱きしめながら、ヴォルフガングが腰を押し上げては揺らす。根元まで呑み込まれた楔はそのたびに蜜壁を掻き回し、大きすぎる快楽はアシュレイの思考を吹き飛ばした。

「は、あぁ、んっ、あぁ……っ」

「っ、堪らないな……お前の中は、溶けそうなほどに熱い」

耳朶を擽る吐息にすらも、身体は甘い愉悦を覚える。

「わかるか？　中に埋め込めば埋め込むほど、お前は俺に絡みついてくるぞ」

「わ、わからな……っ、ふぁ、あぁぁ……っ」

「そうか……っ、なら、わかるまで蕩けてしまえばいい」

ぐじゅぐじゅと腰を揺すられると、本当に何もかもが蕩けてしまいそうになる。このまま全てを忘れてしまえたらいいのにと、アシュレイが静かに涙を流すと、それまで身体を抱きしめていただけの大きな手が、乳房を摑んだ。

「あ、んっ、だめ、っ……今は、っ、んぁあ……っ」

双丘が男の手の中でいやらしく形を変える。ぐにぐにと揉みしだき、痛いほどに勃ち上がった乳首を指が弾くと、蜜壁は男の精を欲しがるように締めつける。

「く、っ……お前は、本当にここが好きだな。もっと刺激が欲しいと、可愛らしく主張しているぞ……」

「ち、ちが、っ……ひあぁっ、摘まんじゃ、だめ……っ」

両胸の頂を同時に摘まみ上げられて、アシュレイの身体が快楽に震える。自分で強請っておきながら、いざ襲われると、あまりの快感に腰が逃げ出そうと跳ねまわる。

「摘まむのは嫌か。では、転がしてやろう」

ヴォルフガングは喉の奥で笑うと、双丘の蕾をくりくりと転がした。丁寧に快感を生み出す繊細な指先とは裏腹に、蜜壺を突き上げる腰の動きは荒々しい。

「それとも、ここだけでは物足りないか？」

「そんなこと、な……あっ、待って……っ」

「もうひとつ、お前の身体には愛らしい蕾があっただろう？」

熱っぽい声音で揶揄うように言われると、身体が期待して、急かすように男を締めつけてしまう。

ヴォルフガングは掠れた吐息を漏らすと、アシュレイの下肢に指を滑らせた。

「待って、だめ……、っあああぁ——っ」

刺激を待ち望むかのように莢から顔を出していた秘玉を、男の指が捕まえる。けれど溢れた蜜と媚薬のせいで滑りが良すぎて、思うように摘めないのか。何度もぬるんと逃げる花芽から、息も止まりそうなほどの愉悦が湧き起こる。

「やあぁっ、だめなの……あ、んあぁっ」

「たしかに、先ほどよりも膨れているな」

ヴォルフガングが二本の指でぬるぬると器用に転がし、真っ赤に腫れた粒を労わるように、媚薬混じりの蜜をたっぷりと優しく塗り込める。

「摘まみづらいほど小さいのに、芯があって……お前みたいに愛らしいな」

揶揄われているのか、褒められているのかわからなくて戸惑う。でも身体は心より先に喜び出したようだ。もう一方の手に尖る胸の頂を弄られ、滾る欲望にずくずくと突き上げられると、蜜壁はまるで戯れるように男をきゅうきゅうと締めつけた。

「は、あぁっ、んっ……もう、わたし……っ」

「ああ、いいぞ……っ」

「やぁ……っ、ひとりじゃ、や、なの……っ」

媚薬と愛情に蕩かされ、脳が信じられないような台詞をアシュレイに紡がせる。何もかもが溶けた後に唯一残った本能は、ただただヴォルフガングだけを求めていた。

「なら……っ、一緒に……アシュレイっ」

熱い楔が最奥を抉じ開けるように突き上げる。充血した媚肉を擦り、脳を直接揺さぶるように、男が筋肉に覆われた腰を激しく揺する。片方の手はつんと勃ち上がる胸の頂を、もう片方ははち切れそうなほど膨れた花芯を摘まみ、指がそれぞれを転がす。さらに鋭い快感を与えるように、爪でカリカリと甘やかに引っ掻かれると、足の爪先を丸めても身体の奥の熱は制御できない。

「——っ、ふあぁあ……っ！」

求めていた以上の快楽が全身を包み込み、身体中を駆け巡っていた熱が弾ける。アシュレイの視界に、小さな光の粒がパアッと飛び散った。

大きな快感の波に呑み込まれたアシュレイの身体を、ヴォルフガングは深く抱きしめる。

「アシュレイ、俺の子を宿してくれ……っ」

最奥に放たれた濃厚な迸りに幸せを感じる。ヴォルフガングの魂からの叫びに、拒絶できる力は、もうアシュレイには残っていない。注がれる愛情に同じだけのものを返してはならないと、必死に止め続けていた自分ももういない。

——もうアシュレイは、何も知らなかった頃には戻れない。

幾度も達した疲れから、アシュレイはふっと意識を失った。

「……もうすぐだ」

ヴォルフガングはぐったりと自分に身体を預けている、大切な番を抱きしめる。

「もうすぐ全てが解決する」

先に眠りの世界に落ちた愛しい妻の耳元で、熱い想いを吐き出す。

「解決したら、必ずお前を幸せにしてやる」

温かな頬に流れる涙を、指でそうっと拭う。

「だからその時は、俺に笑いかけてくれるか？」

涙さえも甘い番の頬にキスを落とす。

「アシュレイ、お前だけを愛している」

静かな浴室内に、獣人の重く優しい愛の言葉だけが響き渡った。

第五章

忘れていた出会いと手に入れた真実の欠片

「ねぇ見て、アシュレイ。さつまいものプリンですって」

「…………お姉さま」

「あら、向こうに見えるのは洋梨のタルトだわ」

「……お姉さま」

「まあ、葡萄のコンポートもあるわよ」

「エレオノーラお姉さまっ」

縁の太い眼鏡の向こうにある空色の瞳を、夜空の星々のように輝かせながら、エレオノーラが美味しそうな菓子を扱っている店ばかりを次々と指差す。

「もうお姉さまったら、一年前と同じことを言っているわ」

アシュレイは隣を歩くエレオノーラの柔らかな腕を摑むと、ぷっと吹き出しながら言った。

「やだ、違うわよ。去年は、林檎に栗にカボチャだったもの」

エレオノーラはわざとらしいほどにきょとんとして、釣られたようにぷっと吹き出す。

「まさか今年も貴女と一緒にお祭りに来られるなんて、思いもしなかったわ」

建国記念日の前日であるその日、アシュレイとエレオノーラはまたしても王宮を抜け出してお祭りにやって来た。そしてもちろん一年前と同様に、変装はばっちりだ。

「……そうね、お姉さま」

返答するアシュレイの表情は、あまり晴れやかではない。

エレオノーラもまた、苦い笑みを浮かべている。

「わたくしはもうすぐ十九歳になるというのに、結婚相手が未だに決まっていないどころか、まだ社交界デビューすらしていないだなんて……本当に、去年の今頃は想像もしていなかったもの」

それには理由がある。

エレオノーラが社交界デビューする直前のその年の初春、国王である父と王妃である母が亡くなったのだ。

「でも、お父さまとお母さまが突然亡くなってしまわれたのだもの。仕方がないわよね。ただ、あのような形でだなんて……今でもまだ、信じられないわ」

エレオノーラが訝しげに眉を寄せる。

国王と王妃は、王都郊外にある直轄領を視察に訪れた際、乗っていた馬車が不運にも崖から落ちてしまい、命を落とした。

道も馬車もしっかりと整備してあったはずだ。にもかかわらずなぜ、あのような事故が起きてしまったのか。

王宮内には他国の陰謀説や、悪魔の瞳を生みだした血の呪いなど、様々な憶測が飛び交った。しかし谷底から回収された馬車は大破しており、細工の有無も確認できなかったため、事故以外の結論は出せなかったようだ。

国王であった父を失い、王位を継いだ兄のクラレンスは、苦渋の思いで調査を止めることに決めた。

「……そして、あれだけの憶測が飛び交ってしまったんだもの。わたくしの社交界デビューが見送られるのも、当然よね。……そう、当然なのよ」

「エレオノーラお姉さま……？」

どうしてだろう。

まるで自分自身に言い聞かせるように呟いたエレオノーラの瞳に、悲痛とは異なる仄暗い感情が浮かんでいるように思えてしまう。

――でもそれは、単に社交界デビューできないのを残念に思ったからなのよね……？

両親が亡くなり、王位はクラレンスが継いだが、現在も王宮内は落ち着きを取り戻してはいない。その状態では、思うように結婚相手を選ぶこともできないだろう。

何かと騒がしい周囲の状況を見て、兄のクラレンスは妹の幸せを願い、エレオノーラに社交界デビューを一年遅らせるよう告げたそうだ。

そのためにアシュレイは、またその年もエレオノーラの願いを叶える形で、建国記念日の前日であるにもかかわらず姉とともに変装して、賑わう城下町を歩いていた。

「お父様達のことや、社交界デビューのことは悲しいわ。でも、今年も貴女とお祭りに参加できること自体は、とても嬉しいの」

エレオノーラが隣を歩きつつ、苦笑する。

「それはもちろん、私だって嬉しいわ。でも……」

手放しで喜べないのは、やはり両親の死がふたりに暗い影を落としているからだ。

父は子供達に無関心だった。母はアシュレイの紅色の瞳を嫌悪していた。

だから生まれた時から愛情など、碌に注がれてはいない。

――けれど……それでも、両親は両親だもの。

両親のことを好きかと問われれば否と答えるかもしれないが、それでもやはりアシュレイにとって、親は他の何者も代わりになれない存在だ。だからこそ今も、アシュレイの胸の中には寂しいような悲しいような、何とも言えない感情が残り続けている。

「お姉さまとお祭りに参加するのも、きっと今年が本当に最後になってしまうのよね……」

今年の春には社交界デビューできなかったエレオノーラも、来年の春には必ずデビューするはずだ。そして華やかな社交界に飛び出してゆけば、女性らしい美しさを持つ姉の結婚相手など、すぐにでも決まってしまうだろう。

そうしたらもう来年の今頃、エレオノーラは王宮を離れてしまっているかもしれないのだ。

妹として姉の幸せを願いつつも、その時の寂しさを想像して、ついアシュレイがため息を漏らした時だった。

「本当に、今年が最後になるのかしら……」

何処か遠いところを見つめながら、姉がぼそりと呟いた。

「お姉さま……？」

姉が不思議なことを言うので、アシュレイは首を傾げる。

するとエレオノーラは、なぜか不安そうに顔を曇らせ、思いも寄らないことを口にした。

「……アシュレイ、貴女は何があっても必ず幸せになるのよ」

「お姉さまったら、いきなりどうなさったの……？」

「約束よ、アシュレイ。もしも一生、わたくしが王宮を離れられなかったとしても……それでも貴女は、わたくしに遠慮せず幸せにならなければだめよ」

そもそもエレオノーラが結婚できずに王宮を離れない可能性などないに等しいだろうに、どうして姉はそんなことを言うのだろう。

アシュレイは、むしろ大切な姉にこそ幸せになってもらいたいのだ。

胸の中に小さな疑問が浮かびはしたものの、真剣な声音で諭すように告げる姉に、アシュレイはどうしても尋ね返すことができなかった。

「それじゃあ、行きましょう」

一転して今度は笑みを浮かべると、エレオノーラがアシュレイの手を取る。

「お姉さま、行きましょうって……ええと、何処に？」

「そうねぇ……せっかくだから、今年は花広場の方にまで足を延ばしてみましょうか」

花広場というのは、この建国記念日の祭りのメイン会場だ。並ぶ店の数も非常に多く、美味しい食べ物から珍しい骨董品まで、ありとあらゆるものが取り扱われている。

「ええ、わかったわ。実はね、私も一度行ってみたかったの」

アシュレイはふわりと微笑みながら、自分の手を握りしめているエレオノーラに返事をした。

それからふたりは、賑わいを見せる大通りの先にある花広場まで歩いた。

「まあ……想像以上に凄い人の数ね」

所狭しと露店が並んでいる花広場に到着して早々、エレオノーラが驚いたように呟く。同時に、アシュレイもまた目を大きく見開いた。

――いろいろな国の人々が、この国のお祭りに参加しているのね……。

ユスティア王国で開催されている祭りのため、当然自国の人間も多いが、どうやら同じくらい他国からの観光客も多いようだ。

瞬時にそう判断できるのは、歩いている人々の容姿がユスティア王国の人間とは明らかに違うためである。

「ねぇ、お姉さま。あの……何だかまるで猫のような、ふわふわとした耳が生えている方々はどこの国の……？」

「ああ、あれは獣人よ。ユスティア王国の隣にダルスタイン王国があるのは、アシュレイも知っているでしょう？」

「ええ……」

ダルスタイン王国は、アシュレイ達の生まれたユスティア王国に隣接し、ユスティア王国より格段に豊富な資源を持っている。その国を治めているのが獣人であり、暮らしているのもまた獣人という程度の知識はアシュレイにもあった。

しかし間近で見るのはたぶん、今日が初めてだ。

「つまり、あれが獣人というものなの……？」

「ダルスタイン王国の方々ならたしか毎年、建国記念式典にもいらっしゃっていたような気がするけれど……まあ、遠目ではあまりわからないわよね」

建国記念式典には毎年、エレオノーラやアシュレイも参加してはいる。

けれど各国から大勢の要人を招いているため、参加者全員と言葉を交わすことはできない。

おまけに迷信を耳にした者達が、好奇心からアシュレイの瞳を覗き込もうとするため、毎年不快な思いしかしておらず、アシュレイは式典が終わると早々に自室へと下がってしまっていた。だから、アシュレイはダルスタイン王国の獣人達を今日まで、これほど間近で見たことがなかった。

「ねぇ見て、お姉さま。耳だけでなく、尻尾もあるわ」

「そうよ、獣人ですもの」

「何だか、手触りが良さそうでとても可愛らしいわね……」

見知らぬ獣人達が歩くたびに、背後の尻尾が揺れている。柔らかそうなその尻尾は、言葉では言い表せないほどに愛くるしい。

すっかり目を奪われてしまい、アシュレイがぼうっと行き交う獣人達を眺めていた時のことだ。

前方から歩いて来た、大荷物を抱えているふくよかな女性に、アシュレイの身体はいとも容易く弾き飛ばされてしまった。

「――っ！」

そして尻餅をつくと、アシュレイは硬い石の上に手のひらを打ちつけた。

「……いっ、たた……」

一瞬遅れて事を理解すると、エレオノーラは慌ててアシュレイの隣にしゃがみ込んだ。

「大丈夫……⁉」

「ごめんよ、お嬢ちゃん！　今ちょっと、前が見えないもんでね……」

大荷物の向こうからひょっこりと顔を覗かせた女性が、申し訳なさそうに謝る。

「こりゃ、本当に悪かったね……。そうだ、お詫びにあたしの家で手当てをしてあげるよ」

彼女も決して悪気はなかったのだろう。

だが一国の王女である以上、見知らぬ人間に気軽について行くわけにはいかない。

そう思い、心優しい申し出を断ろうと顔を上げかけたところで、アシュレイは自分の瞳のことを思い出し、瞬時に俯いた。

「あの、私なら大丈夫ですから……」

「いや、でも、あたしの不注意で怪我までさせちまったみたいだからねぇ……」

つばの広い帽子を深く被り、俯いたままのアシュレイを見て、ますます心配になったのか、大荷物を抱えている女性はさらに言う。

その時、エレオノーラがアシュレイの代わりに口を開いた。

「お心遣い痛み入りますわ。ですが妹もよそ見をしていましたから……ここは、お互い様ということで。どうぞこれ以上のご心配はなさりませんように」

「いや、私はそれでも構わないけれど……本当にそれでいいのかい？」

「ええ、構いませんわ」

凛としたエレオノーラの物言いに、一応は納得することができたのだろう。

「そうかい……ううん、じゃあ、まあそうしようか。お嬢ちゃん、本当に悪かったね」

大荷物を抱えていた女性は、もう一度アシュレイに謝ってからその場を去っていった。

その足音が遠ざかってからエレオノーラの手を借りて起き上がると、アシュレイは心の底から安堵したように息を吐き出した。

「ありがとう、お姉さま……」

「良いのよ、アシュレイ」

エレオノーラは何でもないことのように微笑んでいるが、姉が機転を利かせて助け舟をださなければ、今頃間違いなく大変なことになっていただろう。

アシュレイの瞳は、ユスティア王国に古くから語り継がれてきた迷信に登場する、悪魔と同じ紅色だ。だからさっきの女性も、もしこの瞳の色に気がついたら、パッと態度を変えたに違いない。

怯えられるのか、それとも気味が悪いと思われるのか。

どんな反応をするかわからないが、それでも受け入れられることだけは決してないはずだ。

「……変装していても、近くに寄られると隠し通すのは難しいわね」

いくら縁の太い眼鏡を掛けていようと、つばの広い帽子を被っていようと、これほど大勢の人が行き交う中では、いつ誰に気づかれてもおかしくはない。

——今さら気にしたところで、どうなることでもないのに。

アシュレイはいつまで、瞳のことを気にし続けなければいけないのだろうと、暗澹《あんたん》たる気持ちになった。

でも、これはきっと一生続くのだと自嘲するような笑みを浮かべる。そしてドレスの裾についた砂を払ったところで、アシュレイは気がついた。

「……いっ、た…………ああ、手のひらを擦りむいてしまったみたい」

「やだ、大変だわ。とりあえず砂を綺麗に洗い流しましょう」

「え？　このくらいの傷なら、別に……」

問題ないと言いつつ下ろしかけたアシュレイの手首を、エレオノーラがぎゅっと掴む。

「お姉さま……？」

「小さな傷だからってそのままにして良いわけがないでしょう。貴女は女の子なのよ」

「でも、放っておけばそのうちに……」

治るだろうという妹の主張を無視して、姉は人込みを掻き分けつつ歩いて行く。

エレオノーラがアシュレイを無理矢理引っ張るように歩いていくので、掴まれている手首が少しだけ痛い。

「だめよ、アシュレイ。貴女はね、もっと自分を大切にするべきだわ」

「どうしたの？　お姉さまったらいきなり……」

まるで何かに腹を立てているかのように、エレオノーラは言葉を続ける。

「だいたい、瞳の色が何なの？　そんなのただの個性じゃない。別に悪魔でも何でもないわよ」

エレオノーラはいったい、何に怒っているのだろう。

国に伝わる迷信か。迷信を信じる人か。それとも、特定の誰かなのか。

「わたくしの可愛い可愛い妹は、本物の悪魔ではないわ。だってわたくしは、本物の悪魔を知っているもの」

「エレオノーラお姉さま……？」

「本物の悪魔はね、悪魔の心を持った人間のことを言うのよ」

その悪魔が誰であるか、まるでエレオノーラは知っているかのような口振りだ。

「自分勝手な理由で人の命を奪って、禁忌《タブー》だと知っていてそれでもなお、わたくしのことを――」

しかしその言葉の続きは人混みの喧騒に消えて、アシュレイの耳に届くことはなかった。

エレオノーラはそれっきり黙り込み、無言でアシュレイの手を引きつつ花広場の端に設置されている手洗い場を目指す。

その後ろを静かについて行くアシュレイの胸には、言い様もない小さな不安が宿った。

――エレオノーラお姉さまは、いきなりどうしたのだろう。

何かが変だ。何かがおかしいような気がする。エレオノーラの声音には深い悲しみや、絶望に近い苦しみが溢れているような。それはまるでエレオノーラの心からの叫びのようで、アシュレイの鼓膜にこびりついた。

——それに禁忌って、どういうことかしら……。

日常生活においては、あまり馴染みのない言葉だ。しかし、姉はその言葉を口にしていた。けれど続きが聞こえなかったアシュレイに、その先を想像することはできない。

ただ何となく嫌な予感だけはして、アシュレイの背中に寒気が走った。それでも、いつもエレオノーラに守られてばかりいる臆病なアシュレイに、真実を問い質せるだけの勇気はなかった。

「アシュレイ、沁みるでしょうけれど少し我慢するのよ」

アシュレイを人気のない手洗い場まで連れて来ると、エレオノーラは妹の手を摑みながら水道の蛇口を捻ろうとした。

しかしアシュレイ達の前に使用した者が、よほど強い力の持ち主であったのか。どんなに力を入れても、蛇口はピクリとも動かない。

「やだ、どうしましょう……困ったわね」

アシュレイは、両方の手のひらに怪我をしてしまっているため、エレオノーラを手伝おうにも何の役にも立ちそうにない。

「お姉さま……あのね、このくらいの傷なら王宮に帰ってからでも良いと思うの」

「あら、駄目よ。そんなのお姉さまが許しませんからね」

「でも、無理をしたらお姉さままで手を痛めてしまいそうだわ」

「いやだわ、アシュレイったら何を言っているの？　可愛い妹のために無理をしない姉が、この世界の何処にいるというのかしら」

けれど、でも、だって……と、姉と妹が何度も繰り返す。

その時、横から軽やかな声が聞こえてきた。

「ねぇねぇ、何だか困っているみたいだけど……とりあえず、この蛇口を捻ればいいんだよね？」

声の主がきゅっと捻ると蛇口から水がぶわりと流れ出した。

「……っ」

水が勢いよくアシュレイの手のひらに流れ、途端に傷がひりひりと痛み出す。

「あれ、両手に怪我をしているね。……ああ、そうか。この血の匂いは、君のものだったのか」

今し方蛇口を捻った背の高い茶髪の男が、アシュレイの手をそっと掴む。

彼が、手慣れた様子でアシュレイの手のひらを丁寧に洗い流す様を見て、エレオノーラは叫ぶように口を開いた。

「ちょっと待って！　わたくしの妹に何をなさっていらっしゃるの……っ」

「うんうん、大丈夫大丈夫。これでも僕、一応医者だからね」

医者という言葉に何も言えなくなり、静かに唇を閉じたエレオノーラをよそに、茶髪の男はアシュレイの汚れているもう片方の手を取り、こちらもまたこびりついている砂を丁寧に洗い流す。

「……よし、綺麗になったね。あとは消毒をして、絆創膏《ばんそうこう》を貼ればもう大丈夫だから……ちょっと待っててね」

「あ、あの……」

予想外のことに呆然としながらも、アシュレイがとりあえず何かを言おうとするよりも先に、茶髪の男は彼女の手を離す。背負っていたリュックサックをその場に下ろすと、茶髪の男は、中から脱脂綿や消毒液、絆創膏を取り出した。

「おい、ディートハルト。お前は吸血鬼か」

いつの間にか黒髪の男が三人の側までやって来ていて、茶髪の男を咎めるような口調で言う。

「ええー、もう兄さんは相変わらず酷いことを言うなぁ」

「何を言っているんだ。お前の方がよほど酷いだろう。そもそも血の香りがするたびに、わざわざ獲物を探し出そうとする方が悪いに決まっている」

「ちょっと待って、兄さん。それじゃあ本当に、僕が吸血鬼みたいだから。というか獲物じゃなくて患者だよ。僕一応医者なんだから、患者を見つけたら治療するのは当然でしょ」

堂々と弁明している茶髪の男に、後からやって来た黒髪の男が、呆れたように琥珀色の瞳を細める。わざとらしいほどに大きなため息を吐いた黒髪の男と、平然としている茶髪の男はどうやら兄弟のようだ。

アシュレイとエレオノーラは会話からそう察して、口をぽかんと開けながらふたりの男を見つめていると、そのさらに向こうから豪快な笑い声が聞えて来た。

「おいおい、お前ら何やってんだよ。国の外でも、兄弟仲良くじゃれついてんのか？」

「……ローランド。お前はまた、気持ちの悪いことを言うな」

黒髪の男が心底不愉快そうに、後ろから来たひと際大柄な金髪の男に言葉を返す。

しかし日常的に繰り返されているやり取りなのか、またしても豪快に笑うと、金髪の男は三人の中で最も痩せている茶髪の男に向かって尋ねた。

「それでよ、ハル坊は何してんだ？」

「いや実はさ、この子が手に怪我をしちゃったみたいでね。そこにいるお姉さんと一緒に困っていたから、ここは医者として助けてあげなきゃいけないなと……」

黒髪の男にはディートハルトと、そして金髪の男にはハル坊と呼ばれた茶髪の男が、アシュレイの方を振り返る。そしてエレオノーラを見つめた瞬間、琥珀色の瞳を限界まで大きく見開いた。

「え、ちょっと待って。まさか嘘だよね」

「あの……わたくしが、何か？」

ただただ驚いたように目を見張り、自分を見つめ続けている茶髪の男に、エレオノーラが訝しそうに眉を寄せる。

けれど茶髪の男は、まるで時が止まったかのようにその場に立ち尽くしている。

「……？」

エレオノーラはその状況に困惑し、アシュレイは目の前で繰り広げられる不思議な光景を呆然と眺めていると、ローランドと呼ばれた金髪の男が助け舟を出すように、茶髪の男に声を掛けた。

「何だ何だ、ハル坊どうしたよ」

「……」

「ああ、もしかして初めて来た異国で、ついにハル坊も番を見つけちまったのか？　そんでもって求愛デビューってやつか？」

にやにやと揶揄うように笑いながら、ローランドが尋ねる。

しかしそれに対してハル坊と呼ばれた男は、恍惚とした表情で頷いた。

「……そうだよ」

「え？」

「そうだよ、ローランド」

「お、おい、まさか……まさか本当に、お前の番なのか!?」

「そうだよ、本当に僕の番だ……！　このカスタードクリームみたいな甘い香りも、眼鏡の向こうに見える透きとおるような空色の瞳も、絶対に間違いないよ！」

パアッ顔を輝かせたディートハルトに、ローランドが素っ頓狂な声を上げる。

「何だと!?　お、おい、待てハル坊！　お前の番は、どっちの嬢ちゃんだ。手前にいるやけに細っこいやつか？　それとも向こうにいる柔らかそうなやつの方か？」

「なっ……」

柔らかそうと形容されて、エレオノーラが絶句する。

「ああたぶん、手前の子は兄さんの番だよ。ほら、あの珍しい色が宝石とも同じだしさ」

「なに……!?　いや、でもそういえば、あいつは前にも、この国で花のような甘い香りがするって言っていたな」

「うん、だからあの子は兄さんのもの。そして僕の番は、あの綿菓子みたいにふわふわと柔らかそうな身体つきをしている女の子だよ！」

「ちょっと、失礼なことを仰らないで下さい……！」

あまりの発言に、王女としての矜持からカアッと頬を赤らめて、エレオノーラが思い切り叫ぶ。

——ああ……まあ、お姉さまは当然怒るわよね。

アシュレイだって細っこいのと言われて、決して愉快な気持ちにはならないが、それでもエレオノーラの怒りの方が、遙かに大きいのだろう。

エレオノーラは他人よりも胸が大きいために、どうしても見た目が柔らかそうに見えてしまうのだ。そのことを誰よりも気にしている彼女にとって、柔らかそうという言葉はもはや禁句だ。

だからエレオノーラは、いつもの凛とした王女らしさも忘れて、ただ怒りのあまり叫んでしまったのだ。

だが叫ばれたディートハルトは、その怒りにすらも琥珀色の瞳を嬉しそうに煌めかせた。

——何だろう……。あの人、犬みたい……。

耳も尻尾も生えていない人間に、そのようなことを思うのは失礼だとわかっている。

けれどエレオノーラに話しかける時の表情や、感情によってくるくると変化する琥珀色の瞳の輝きが、どうにも人に戯れる犬のように見えて仕方ないのだ。

——でも、人間よね……？

確認するように、まじまじとディートハルトを見つめる。すると、彼の頭頂部に同色の大きな三角の耳が見え始めてしまい、アシュレイはびっくりした。

たぶん疲れているのだろう。眼鏡を外してごしごしと目を擦る。ドレスのポケットに眼鏡を仕舞い、ひたすらに目頭を擦ってもまだ三角の耳が見えてしまっている自分は、いったいどれだけ疲れているのだろうかと、アシュレイがため息を漏らしたその時――。

「あまり擦るな。目に傷がついたらどうする」

いつの間にか近づいて来ていた黒髪の男が、目を擦るアシュレイの手を摑んだ。

「あの……」

「手に怪我をしているのだろう？」

アシュレイの手を、黒髪の男がそうっと持ち上げる。

それから男はリュックサックの上に置かれていた消毒液を手に取り、眉を顰めながら告げた。

「悪いが、沁みるぞ」

「え……？　……っ！　い、た……っ」

消毒液を垂らされて、手のひらについた細かな傷がぴりぴりと痛む。

アシュレイは痛みを堪え、手のひらの消毒液を脱脂綿で丁寧に拭ってくれている男に問い掛けた。

「貴方もお医者様なのですか……？」

「いや、違う。俺はただ弟の練習に、昔からつき合わされてきただけだ」

「そうでしたか。だから手慣れていらっしゃるのですね」

王女として生まれ、自分で傷の手当など一度もしたことのないアシュレイにとって、無駄のない滑らかな男の手は、まるで魔法の手のように思えた。

そして絆創膏を貼り終えると、男が顔を上げた。その瞬間、彼が呟いた言葉に、アシュレイは一瞬にして顔を青ざめさせた。

「なるほど……やはり噂どおりの、紅色の瞳だな」

「あ……」

どうしてアシュレイは油断してしまったのだろう。縁の太い眼鏡を掛けていない今、つばの広い帽子を被っていても、顔を上げてしまえば瞳の色など簡単に気づかれてしまうというのに。自分はいったい何をしているのだろう。

でも、後悔してももう遅い。

――気づかれてしまった。

どうしよう。どうしたらいいのだろう。

絶望から目の前が真っ暗になる。

――怯えられるの？　気味が悪いと思われるの？

いずれにせよ大騒ぎになるはずだ。

だが、それだけではない。アシュレイとエレオノーラがこの国の王女であると気づかれてしまったら、何をされるかもわからない。時折怒りながらも楽しそうにディートハルトと話をしている大切な姉が、危険な目に遭うかもしれない。

自分のせいで、悪魔の瞳を持つ自分のせいで。恐ろしい結果を想像して、アシュレイの視界がじわりと滲み始めた時だった。

「おい、泣くな」

「……っ」

ぴしゃりと言われ、アシュレイの身体がびくりと跳ね上がる。

すると黒髪の男は困ったように眉尻を下げて、アシュレイの頭にぽんと手を載せた。

「紅色の瞳は、俺の番の証なんだ」

だからそれ以上泣くなと言う男に、アシュレイが恐る恐る首を傾げる。

「あ、あの……その番というのは、何ですか？」

「……そうだな、いずれお前にもわかる時が来るだろう。だからそれまでは、絶対に俺のことを忘れるなよ」

そして帽子の上からもう一度ぽんとアシュレイの頭を撫でると、黒髪の男はエレオノーラと戯れているディートハルトの元へと歩いて行った。

「おい、ディートハルト。明日もあるんだ、今日はもう帰るぞ」

「えぇー!?　まだエレオノーラと一緒にいたいよ。だって、やっと見つけた僕の番なんだよ。それに兄さんだって、ようやく番と話をすることができたんでしょ？」

「それとこれとは話が別だ。番を手に入れたいのなら、まずは正式に申し込め」

「そんな……」

「お前の相手の方が年上のようだからな、何なら俺より先に結婚してもいいぞ」

その言葉に、ディートハルトの頭頂部に生えている大きな三角の耳が、ピンと立ったように見えた。

幻覚だとは思うのだが、それでもアシュレイの目にはなぜかそう見えてしまったのだ。

「兄さん、約束だよ」

「ああ」

「絶対だよ」

「わかった」

「お言葉に甘えて、僕の方が先に申し込ませてもらうからね」

「わかったから、もう行くぞ」

ディートハルトは、地面に置いていたリュックサックを持ち上げると、先に歩き出した黒髪の男を追いかけていった。

「エレオノーラ！　次は僕の国で待っているからね！　痩せたりしたら、絶対にだめだからね！」

「ディートハルト様こそ、その失礼な言動は改めておいて下さいませ！」

エレオノーラはいつの間に、ディートハルトに名前を教えていたのだろう。

呆然とするアシュレイと頬を赤らめているエレオノーラに、ローランドがにやにやと笑いかける。

「ヴォルフガングの番とハル坊の番が、まさか姉妹とはな」

番と告げられた瞬間、エレオノーラがぶわりと頬を赤らめたのを、アシュレイはたしかに見た。

もしかすると姉は、番という言葉の意味を正確に理解しているのかもしれない。

「じゃあ、また会おうな。嬢ちゃん方」

先を歩いている黒髪の男とディートハルトを追うローランドが、去り際にアシュレイ達に向かって片手を上げる。

アシュレイが三人の男達の後ろ姿を見つめていた刹那、一瞬だけ黒髪の男が振り返った。そしてアシュレイを見つめる男の琥珀色の瞳は、真夏の太陽よりも強い輝きを放っていた。

「アシュレイ、わたくしたちも今日は帰りましょうか」

エレオノーラがアシュレイの肩にぽんと手を乗せる。

「そうね、お姉さま……」

とても不思議な人達だった。できることなら、もう一度会ってみたいと思った。

悪魔の瞳と呼ばれるこの紅色に嫌悪感を抱かなかった、美しい琥珀色の瞳を持つあの人にもう一度。

いろいろな出来事が起きすぎたせいか、アシュレイはその夜、なかなか眠りにつくことができなかった。その結果、アシュレイは風邪をひいて発熱し、初めて建国記念式典を欠席した。

*　*　*

——どうして私は、これほど大切なことを忘れていたのだろう。

彼らに出会ったあの日から半年も経たないうちに、エレオノーラはこのダルスタイン王国で毒を呷った。ヴォルフガングの弟であるディートハルトに暴力を振るわれ、凌辱された挙句、エレオノーラは身心の痛みに耐えかねて自死を選んだのだ。

兄のクラレンスからそう説明され、アシュレイは怒りや憎しみに心を埋め尽くされるあまり、建国記念式典前日の出来事を忘れてしまっていた。大切な姉を傷つけた獣人を許せないという負の感情でいっぱいになり、大事に仕舞っておいたはずの記憶を心の隅に片づけてしまっていた。

――そうして私は、あの日の出来事を忘れてしまうくらいディートハルト殿下を……何より、ヴォルフガング様を憎んだ。

けれどもうあの頃とは違う。あの頃にはわからなかったことが、今は少しずつわかってきている。番という言葉の意味も、腕輪に埋められている宝石の意味も。何より獣人がどれだけ番という存在を大切にするかも、アシュレイは全て身を以て理解している。

――それなのにディートハルト殿下は、なぜエレオノーラお姉さまのことを傷つけたりなどしたの……？

エレオノーラはきっと、ディートハルトを憎からず思っていたはずだ。

そうでなければ、利発な姉は、王女である自分の名前を教えたりなど決してしなかっただろう。だとしたら、ディートハルトはどうして姉を凌辱などしたのか。思い合っているならば、そもそも凌辱する必要などなかったはずだ。

――ディートハルト殿下は、どのような理由があって、大切な番に暴力を振るわれたりなどしたの……？

エレオノーラが自分の番であると気づいた際、ディートハルトはあれほど喜んでいた。失言をしてエレオノーラに怒られても、それさえも嬉しくて堪らないというように表情を輝かせていた。獣人は自分の命を狙われても殺すことができないほどに、番を慈しんでやまないというのに。

それなのにどうしてと思ったその時、ふと真逆の発想が生まれた。

――本当に、ディートハルト殿下がエレオノーラお姉さまを傷つけたの……？

本当に姉は、エレオノーラは、ディートハルトに暴力を振るわれたのだろうか。身心の痛みに耐えきれず、毒を呷らなければいけないほどに、凌辱されたのだろうか。

――本当に？

アシュレイが疑念を抱いたその瞬間、頭の片隅にいる理性が忠告した。

この発想は駄目だ。それ以上余計なことは考えるなと、理性が必死にアシュレイを止めようとする。

けれど一度思い至った考えを消し去ることなど、アシュレイにはもうできなかった。

『エレオノーラはね、ディートハルト殿下に暴力を振るわれた挙げ句、凌辱されたんだ。……そう、あの忌々しい獣人にね』

――そう、私はクラレンスお兄さまから聞いた。

ダルスタイン王国の王弟であるディートハルトこそが、全ての元凶であると。

――でも、もしもお兄さまが嘘を吐いていたとしたら……。

初めから何もかもが違っていたとしたら、伝えられた事実の全てが覆った先には、果たしてどのような真実が待ち受けているのだろう。

第六章　胸に秘める決意と許される恋心

「――イ。……レイ」

深い眠りの世界から、少しずつ意識が戻って来る。

それでもまだ水の中にいるかのような気怠さを全身に感じているせいで、アシュレイはすぐに瞼を開けることができない。

――誰だろう……。

眠りの世界から現実に戻ってきたばかりのアシュレイに、遠くから声が聞こえてくる。

「……レイ。……アシュレイ」

普段ならこの低い声に安心感を覚えるのに、今日はいつもより頼もしさを感じられない。むしろ迷子の子犬のような不安の色を宿した声が、ただひたすらにアシュレイの名を呼んでいる。

――泣かないで。

泣き出しそうな声で自分を呼ぶ彼にそう言いたい。大丈夫だからと背中を擦って宥めてあげたい。

いつもは自分が言われている言葉を伝えたいと思った瞬間、アシュレイは初めて気がついた。

ヴォルフガングがアシュレイに告げる「泣くな」という言葉の裏に隠された、その想いに。

――ああ、もしかするとヴォルフガング様も、こういう気持ちだったのかもしれないわね……。

ヴォルフガングはいつもアシュレイに泣くなと言う。あの大きな手でアシュレイの涙を拭いながら、彼は懸命に彼女を慰めようとする。

それはもしかするとアシュレイの涙を見て、ヴォルフガングが彼女以上に胸を痛めていたからかもしれない。

――優しい人だ。

底が見えないほどの深すぎる愛情に、溺れてしまったらどうなるのだろう。

「ヴォルフガング、さま……」

「……っ、アシュレイ！　気がついたのか？」

開いたばかりの重い瞼の向こうで、ふたつの琥珀色の瞳が泣きそうに揺れている。痛いほど握りしめられている手が熱い。いや熱いのは自分の手であり、むしろヴォルフガングの手は冷たいのかもしれない。ぼんやりとそう考えるアシュレイに、彼がその理由を語る。

「お前は浴室で気を失い、俺がどれだけ呼び掛けても目を覚まさなかったんだ」

「まあ、そうだったのですか……」

ヴォルフガングと浴室で繋がり、そのまま気を失ったアシュレイを、彼はベッドまで運んできたらしい。

「……本当に、俺は心臓が止まるかと思ったぞ」

些《いささ》か大袈裟な台詞はしかし、ヴォルフガングにとっては紛れもない本心なのだろう。アシュレイの手を握りしめているヴォルフガングの手は、今も小刻みに震え、頭頂部に生えている三角の耳も、心配そうに伏せられている。

「頼むから、俺を殺さないでくれ……」

震えるように吐き出された息が、握りしめられた手を擽る。

「……泣かないで下さい」

心の底から想いが溢れて、アシュレイの唇の隙間から漏れた。

するとヴォルフガングは驚いたように目を見張り、恥じらいを隠すように眉を寄せた。

「……別に泣いてなどいないだろう」

「そうですか？　私には、今にも泣きそうなお顔のように見えますけれど……」

「いや、俺はお前ほど泣き虫ではないからな」

たしかに自分の方が泣き虫かもしれないと、アシュレイは、吐息交じりの柔らかな笑みを浮かべた。

その瞬間ヴォルフガングが息を呑み、耳をピンと立たせる。尻尾も激しく揺れているのか、衣擦れの音が聞こえてくる。

――犬……ではなくて、狼なのよね。

アシュレイよりも遙かに大きな身体を持ち、年だって十歳も上だというのに、今のヴォルフガングは何だか可愛らしい。感情のままに動く素直な耳と尻尾に、堪らないほどの愛おしさを覚えてしまう。

アシュレイが再び頬を緩めると、ヴォルフガングは感動したように表情を輝かせた。

——やっぱり、綺麗だわ……。

琥珀色の瞳が、真夏の太陽のように強く輝いている。その姿を見て、アシュレイが嬉しそうに笑い掛ければ、なぜかヴォルフガングは顔を顰めた。

「アシュレイ、笑みを見せてくれるのはとても嬉しいが……お前は、俺がどれだけ心配したかわかっているのか？」

「もちろん、わかっています」

「本当にわかっているのか？　お前は俺のただひとりの番なんだぞ。お前に何かあったら、俺は絶対に生きていけない」

なるほど。眉を寄せているのは、やはり恥じらいを誤魔化すためらしい。

目元を薄らと赤らめているヴォルフガングに、アシュレイはふわりと口角を上げた。

——一年前のあの日に、私はヴォルフガング様と出会っていたのね……。

一年前の建国記念日の前日に出会い、もう一度会いたいと思った人は、間違いなくヴォルフガングだったのだ。アシュレイは既に確信している。

ただ最後にひとつだけ、アシュレイにはどうしても確認しておきたいことがあった。それゆえにアシュレイは、照れたように視線を泳がせているヴォルフガングをじっと見つめた。

「ヴォルフガング様、お願いがあります」

「……何だ」

「貴方の、その耳と尻尾を消していただきたいのです」

願いを伝えた瞬間、ヴォルフガングが驚いたように目を瞬かせた。

しかしすぐに、彼は悲しそうに耳をぺたりと伏せてしまう。

「……お前はやはり、獣人よりも人間の方が好ましいと思っているのか？」

結婚式の夜にはあれほど傲慢そうに笑っていたというのに、あの時の彼はいったい何処に行ってしまったのだろう。むしろあれは、かなり虚勢を張っていたのではないかと思い、アシュレイはついくすりと笑いそうになった。

しかし今ここで笑い出せば、ヴォルフガングは絶対に傷つくだろう。アシュレイは腹に力を入れると、どうにか笑いを堪えた。

「そういう意味ではありません。ただ確認したいだけなのです」

「確認？」

「ええ……どうしても、確かめたいのです」

本当に察しの良い人だ。確認と言っただけなのに、ヴォルフガングはアシュレイの意図に気づいてしまったらしい。驚いたように、大きな三角の耳がピンと立つ。

「お前はまさか……」

「お願いします、ヴォルフガング様」

それ以上は言わずに、アシュレイが真剣な眼差しをヴォルフガングに向ける。

すると彼は迷うように瞳を揺らした後、一度息を吐いてからゆっくりと頷いた。

「……いいだろう。アシュレイ、目を閉じていろ」

「え？　どうしてですか……？」

できれば消える瞬間を見せてもらいたい。

アシュレイは幼い頃から冒険小説を好んで読んでいたから、不思議な現象を目の当たりにするのが夢だった。その魔法のような現象を一度は見てみたい。

好奇心からそう懇願するように彼を見つめるも、ヴォルフガングは譲ってはくれなかった。

「愛しい番の願いであろうと、それだけは無理だ。勘弁してくれ」

「……わかりました。仕方ないので、今回は諦めますね」

彼の表情から察するに、恐らくただ単に恥ずかしいだけなのだろう。

それがなぜかはわからない。けれどいずれは見せてもらうことのできるような、それほどの仲になることができたらという気持ちを込めて頷くと、戸惑うように眉尻を下げた後、彼は嬉しそうにばさりと音を立てて尻尾を揺らした。

アシュレイが瞼を閉じる。そして、数瞬の後――。

「……いいぞ。アシュレイ、目を開けろ」

「はい……」

ゆっくりと瞼を開ける。視界がはっきりとしてくるにつれ、アシュレイは驚きに目を大きく見開いた。

――本当に、耳がない……。

頭頂部から生えていたはずの大きな三角の耳が、すっかり消えている。衣擦れの音も止んでいるということは、きっと尻尾も消えているのだろう。

これはまるで本物の人間のようだ。

「アシュレイ、泣くな」

「……まだ、泣いていません」

でも、もう目にはじわりと涙が浮かんでいる自覚がある。透明な雫の中に揺れる紅色の瞳が、強い煌めきを放っている。

「……やはりあの時の方は、ヴォルフガング様だったのですね」

過去の出会いを思い出したアシュレイの予想は正しかったのだ。アシュレイは、本当は結婚前に、既にヴォルフガングと出会っていたのだ。

三角の耳が消えた人間らしい姿に、あの日の彼を思い出す。

「あの時は怪我の手当てをして下さいまして、ありがとうございました」

ヴォルフガングは握りしめている手を離すと、アシュレイの頬を伝う涙を拭った。

「……思い出したのか」

「ええ、全てを」

ヴォルフガングがアシュレイを番だと言ったことも、自分のことを絶対に忘れるなと言われていたことも。

覚えておかなければいけなかったのに、アシュレイは忘れてしまっていた。激しい怒りと憎しみに心を囚われ、あの日の記憶さえも奪い取られてしまっていた。

「あの日に、私を見つけ出して下さったのですか……？」

「ああ……いや、元々ユスティア王国の建国記念式典に出席する度、花のように甘い香りが漂ってきたのを感じていたんだ。だからきっと、出席する者の中に番がいるのだろうとは思っていた」

そして紅色の瞳を持つ王女のことも、噂には聞いていた。その瞳の色が珍しいからこそ、腕輪のヒントだけで十分に特定できていたのだろう。

しかし特定はできても、アシュレイに会うことはなかなかできなかったそうだ。

「だが、いつもお前は式が終わるとあっと言う間に姿を消してしまっていたからな……」

「申し訳ありません。……私は、どうしても建国記念式典は居心地が悪くて……」

早々に自室に下がっていたせいで、ヴォルフガングはいつもアシュレイに声を掛けることができなかったらしい。

「紅色の瞳のせいか。これほど美しいのだから仕方がないとも思うが……」

ヴォルフガングの何気ない言葉に、またひと粒涙が零れ落ちる。

「だが、俺にとっては神からの贈り物のようなんだがな」

彼は本当に、心の底からこの紅色の瞳を厭わしいと思っていないのだ。ヴォルフガングの言葉に、アシュレイの涙腺は崩壊しそうになった。

「神様からの、贈り物……？」

「ああ、お前の瞳が珍しい紅色だったからこそ、俺は王族の誰よりも容易に大切な番を見つけるこ

とができたんだ」

もうだめだ。もう泣き虫と言われても構わない。

この涙は喜びの涙なのだから、むしろ泣き虫な自分を誇っても良いのではないかと思ったアシュレイの頬を、ヴォルフガングがそうっと撫でる。

「あまり泣き過ぎると、お前の美しい紅色の瞳が溶けるぞ」

琥珀色の瞳を緩やかに細めて、ヴォルフガングが溢れて止まらないアシュレイの涙をひと粒ひと粒、愛おしそうに拭う。

「溶けたら、ヴォルフガングさまは、困るのですか……？」

しゃくりあげながら問いかけるアシュレイに、ヴォルフガングが真顔で頷く。

「ああ、困るに決まっているだろう。大切な番であるお前の瞳は、当然俺のものだからな」

アシュレイの瞳はアシュレイのものであるはずなのに、ヴォルフガングのものだと言われて、胸が幸せに高鳴る。胸の奥から、彼に対する想いが溢れ出てしまいそうになる。

体内の水分が全て流れ出てしまうのではないかと思うほどに、しばらく泣いた後、アシュレイは思い出した。

『貴女の紅い瞳は誰よりも煌めいているでしょう？　それはきっとね、他の誰よりも運命の相手に見つけてもらいやすいようにって、わざわざ神様が気を利かせてくれたのよ』

数年前に教えてもらった姉の素敵な解釈が、頭の中に甦る。

――エレオノーラお姉さま……。

エレオノーラの解釈は正しかった。それはエレオノーラもまたアシュレイを愛しているからこそ、生まれた発想なのだろう。

そんなエレオノーラのために、アシュレイにはどうしても答えを出さなければいけないことがある。

泣き過ぎて乱れていた呼吸がようやく整い始めた頃、アシュレイは頬を撫で続けているヴォルフガングの手に自身の手を重ねた。

「ヴォルフガング様」

すうっと息を吸ってから、ヴォルフガングをしっかりと見つめる。

「どうして貴方は、私に自分を憎めと仰ったのですか？」

「それは……」

ヴォルフガングは答えようか迷っているのだろう。綺麗な琥珀色の瞳に不安の色が過る。

でもアシュレイにはもう、それこそが答えのように思えた。

「……全てを忘れていた私に、何かを隠しておきたかったからではありませんか？」

ヴォルフガングが、僅かに視線を彷徨わせる。

「……そうじゃない。お前が俺を憎んでいても、俺がお前を抱きたかったからだ」

ヴォルフガングは、アシュレイを深い愛情の海に溺れさせておきたいのだろう。結婚式の夜に自分を憎めば良いと告げたのは、単に抑えられなかった欲望のせいだと彼は言う。

けれどそれは絶対に嘘だ。

アシュレイが笑っただけで喜び、目元を赤らめるような男が、欲望を我慢できず、憎まれても構わないと言い、無理矢理身体を奪うはずがない。

そういう男であれば、初夜以降もきっと、アシュレイの身体を気遣うことなく、欲望のままに蹂躙し続けたはずだ。

だがヴォルフガングはそういう男ではないと、アシュレイはもう十分に知っている。

「ヴォルフガング様も、嘘があまりお上手ではありませんね」

でもアシュレイは初夜に、嘘が下手だとヴォルフガングに言われた。

アシュレイからすると、ヴォルフガングだって十分に嘘が下手だ。

アシュレイはふっと笑うと、覚悟を決めた強い視線をヴォルフガングに向けた。

「……ヴォルフガング様は、私の兄クラレンスが何かを知っていると、思っておいでなのでしょう？」

ディートハルトが無実であると仮定すれば、彼を罪人だと告げたクラレンスが、今度は疑われるべき人間となる。

だからヴォルフガングは、アシュレイに自分を憎み続けるように言った。憎み続けさせることで、真実から目を逸らせようとしたのだと考える方が、今はよほど腑に落ちる。

「……一年間、私は貴方やディートハルト殿下を散々憎み続けてきましたから。もしも結婚式の夜に貴方に何かを告げられても、私は決して信じなかったはずです」

それどころか兄のクラレンスにも疑念を抱くことになり、誰を信じれば良いのかわからなくなったことで、アシュレイは混乱のあまり、もしかするとヴォルフガンクに盛るべき毒を自ら口にしていたかもしれない。

もっとも今だって、実の兄が何かを隠しているのではないかと疑うことに、胸が痛まないわけではないのだが。

「アシュレイ、お前は本当に俺を信じるのか？」

ヴォルフガングの瞳が、不安そうに揺れている。

実の兄と自分を天秤に掛けて、アシュレイが自分を選ぶとは思っていないようにも見える。

「……失礼な人ですね。私を何だと思っていらっしゃるのですか？」

「お前は俺のただひとりの番だ。……だから、お前が傷つかない方を選べば良いと俺は思っている」

一方の選択肢が自分を憎み続けるという悲しいものであったとしても、それでもヴォルフガングはアシュレイの心を守りたいと言う。決して自分を信じて欲しいとは言わずに、アシュレイの選択をただ黙って受け入れるつもりらしい。

それもまた、どこまでも番を優先しようとする、獣人ならではの考えなのかもしれない。

「では先に、ひとつだけお聞きしてもよろしいですか？」

「ああ、構わない」

ふうと静かに息を吐き出すと、アシュレイは唇を開いた。

「姉のエレオノーラは、本当にディートハルト殿下の番だったのですよね？」

「そうだ。お前の姉上は、俺の弟の番だ」

明確な証拠があるわけではない。番だけを大切にする獣人の本能など、きっと何の証拠にもならない。それでもアシュレイには、番だけを大切にする獣人の深い愛情を信じることができる。

ふっと柔らかな笑みを浮かべると、アシュレイは頬に添えられているヴォルフガングの手を握り締めながら、一度だけ瞼を閉じた。

「兄に手紙を書いてみようと思います」

本当は会って直接話を聞きたい。

なぜエレオノーラはディートハルトに襲われたなどと口にしたのか。一年前のあの夜、本当は姉に何があったのか。

しかし王妃となったアシュレイが、隣とはいえ他国を訪れるには、さまざまな手続きを踏まねばならず、それなりに時間が掛かってしまうだろう。

だからまずは手紙でと思ったアシュレイに、ヴォルフガングは意外なことを言い出した。

「……クラレンス殿なら、一週間後にこのダルスタイン王国を訪れる予定だぞ」

「えっ……」

「お前との結婚を機に、新たな貿易の条約を結ぼうと提案されていたからな」

「ヴォルフガング様……」

そういう大事なことは、自分にもしっかりと教えておいてほしいとアシュレイは思った。

どうして黙っていたのかと不服そうに唇を尖らせて、アシュレイが頬に添えられているヴォルフガングの手の甲をきゅうと抓《つね》る。

するとヴォルフガングは眉尻を下げて、言いづらそうに告げた。

「……悪いな。お前には、風邪で寝込んでいる振りでもさせるつもりだったんだ」

「風邪で寝込む……？」

「お前は、俺の毒殺に失敗しているだろう。だからクラレンス殿には会わせない方が良いと思ったんだ」

「あ……」

クラレンスにあれほど言われていたにもかかわらず、アシュレイはヴォルフガングの毒殺に失敗した。今となっては失敗して良かったと胸を撫で下ろしているが、それでも兄は、アシュレイにその後の様子を尋ねるかもしれない。

だが、ディートハルトが無実だとすれば、そもそもクラレンスはなぜ、アシュレイにヴォルフガングを殺させようと思ったのか。そのあたりも理解できず、アシュレイがうーんと首を捻った直後のことだ。

「アシュレイ、具合が良くない時にあまり考えすぎるな」

「でも……」

「それよりも一週間後、お前に会わせたい人間がいる」

クラレンスがこの国を訪れるその日に、アシュレイに会わせたい『人間』とはいったい誰なのか。

アシュレイの会いたい『人間』など、ただひとりだ。その人は今、ユスティア王国の王立病院で眠り続けている。だから違うとわかっていても、期待するように紅色の瞳を揺らめかせてしまうアシュレイの額に、ヴォルフガングが唇を押し当てる。

「一週間後には、ちゃんと教えてやる」

「今、教えては下さらないのですか？」

「悪いな。だが、まあ……楽しみというのは、あとに取っておいても減るものではないだろう」

アシュレイの瞳が不安と期待に揺れる。

するとヴォルフガングは、自分の手首から紅色の宝石が埋められた腕輪をスッと抜き取った。

「ヴォルフガング様……？」

その腕輪を無言で、アシュレイの手首に嵌めようとする。

「あの……？」

ヴォルフガングとアシュレイでは手首の太さが違う。

それゆえにアシュレイが、自分には不似合いではないかと思いつつ静かに眺めていると、ヴォルフガングは腕輪を彼女の肘の手前まで押し上げた。さすがにそこなら、細い腕にもぴったりと嵌まる。

ヴォルフガングはなぜ、自分の腕輪をアシュレイの腕に嵌めたのだろう。

「この腕輪は、ええと……？」

徐に尋ねると、ヴォルフガングは強い輝きを放つ琥珀色の瞳で、アシュレイをしっかりと見つめ返した。

「そうだな、まあお守りのようなものだ」

「お守りですか……？」

「ああ、そうだ。これを嵌めておけば、大切な番を危険から守ることができるらしい」

もっともおまじないのようなものだからそれほど当てにはするなと、恥じらいを隠すようにヴォルフガングはやや早口で言う。

彼はつまり、アシュレイの身を案じているのだ。

一週間後に、クラレンスがこの国を訪れる。その時ヴォルフガングの隣に立って兄を迎えようと決めた、アシュレイの身を。

腕輪にもう一度視線を向けると、アシュレイにはふとひとつの疑問が芽生えた。

――そういえばエレオノーラお姉さまの側にも、ディートハルト殿下の腕輪があった……。

だからこそディートハルトは、犯人であると結論づけられてしまったわけだ。けれど、それにもまたお守りの意味が込められていたとしたら……。

だとしたらあの夜、エレオノーラの身には、何か危険が迫っていたということなのだろうか。

「アシュレイ、もう今宵は休め」

ヴォルフガングが、悩むアシュレイを眠りの世界へと導くように、優しく頬を撫でる。

とりあえず悩み事を頭の片隅に追いやり、その心地好さにうっとりとしたところで、アシュレイは小さな願い事を呟いた。

「キス、して下さいませんか……？」

ぽつりと呟くも、途端に羞恥に襲われた。いきなり言い出すことでもないだろうと、後悔もしかけた。けれどもう口にしてしまったのだからと、最終的に開き直ることにした。

そしてもう一度強請るように彼を見つめる。

するとヴォルフガングは、驚きに目を見張り、頬を真っ赤に染めて、動揺を表すように唇を震わせた。

「お、お前は本気で俺を殺す気なのか……」

「え……？　いいえ、まさか……」

殺すつもりなどあるはずがない。

でもまさか、人間には無味無臭であった毒にすら気づいた獣人王が、キスを求められただけでこれほど動じてしまうとは。

それが不思議で、少しだけ面白くて、ふふっと思わず笑みを零すと、ヴォルフガングはアシュレイを咎めるように不服そうな視線を向けた。けれどその行動がただの照れ隠しであると、アシュレイはもう知っている。

「……目を閉じろ、アシュレイ」

自分自身を落ち着かせるように何度も咳払いを繰り返した後、ヴォルフガングがアシュレイにそっと命じる。

素直に従うと、ふわりと唇を重ねられた。

——温かい。

柔らかな唇以上に心を感じるキスに、アシュレイの眦からまたひと粒涙が零れる。

そうしてゆっくりと心地好い眠りの世界へ誘われる最中、告げられた彼の想いを、アシュレイの鼓膜は今度こそしっかりと捉えた。

「――アシュレイ、お前だけを愛している」

浴室での濃厚な淫戯により、身体が疲れていたのだろう。

求められるままに甘い唇を堪能させてもらった後、静かに眠り始めた愛しい番の可愛らしい寝息が、ヴォルフガングの鼓膜を幸せで満たす。

「アシュレイ……お前は、聞いていた以上に泣き虫のようだな」

長い睫毛を伝い、またひと粒滑らかな頬に流れ落ちてきた涙を親指で拭い取り、ヴォルフガングはふっと表情を和らげる。

親指についた涙をぺろりと舐めると、ヴォルフガングは、愛する妹のアシュレイについて嬉しそうに話していた、いずれは義妹となる女性の言葉を思い出した。

『ふたつ年下の妹は、本当に泣き虫で……けれど泣いている顔もまた、それはそれは可愛らしいのです』

およそ一年前、エレオノーラがダルスタイン王国を訪れた際に開かれた晩餐会で、ヴォルフガングはアシュレイについて多くの情報を彼女から得た。

アシュレイが姉を大切に思うように、エレオノーラもまた迷信に惑わされず妹を愛していた。エレオノーラは、アシュレイがヴォルフガングの番であると知り、大切な妹を託す時のためにと様々な話を聞かせてくれた。

『妹の好きなものですか？　そうですわね、甘いものなら何でも好きだとは思いますが……やはり一番はアップルパイでしょうか。シナモンは普通よりも多めで、パイ生地は軽くサクサクとしていて……ああ、あと林檎はとろとろになるまで煮込まれたものが好きですわ』

『紅茶はアルフェンという茶葉が好きですわね。ええ、ダルスタイン王国で栽培されている茶葉ですわ。妹はアルフェンの紅茶を飲みながらアップルパイを食べている時が、一番幸せそうな顔をしていますもの』

エレオノーラはきっと、悪魔の瞳という迷信に惑わされ、人々から嫌悪されてきた妹に好意を抱く者と出会えたことがとても嬉しかったのだろう。

エレオノーラがひとつずつ丁寧にアシュレイのことをヴォルフガングに話すたび、隣に座っているディートハルトには邪魔をされたものだ。

『兄さん……エレオノーラは僕の番だからね。ちゃんとわかっているよね？　彼女のことを奪ったら絶対に絶対にだめだからね』

『あら、わたくしはディートハルト様のことをまだ認めていませんわ。だってわたくしは、空に浮かぶ雲のようにふわふわとふくよかな身体をしてはいませんもの』

『うんうん、そうだよね。僕の可愛いエレオノーラは、綿菓子みたいに柔らかそうな身体をしているだけだもんね』

『な……っ、だからわたくしは綿菓子ではないと言っているでしょう！』

小声で言い合うふたりに、ヴォルフガングは何度も呆れ返った。自分もあまり人のことは言えないが、それでもディートハルトは、ヴォルフガング以上に女心というものがまるで理解できていなかったからだ。

もはやわざとなのかと、思わず弟の性癖を疑うほどに番を怒らせるディートハルトには、正直幾度もため息を吐いた。

ただこういうのを、割れ鍋に綴じ蓋とでも言うのか。

ディートハルトが失言をするたびに言い返しているエレオノーラもまた、弟を憎からず思っているようだと、その紅色に染まる頬から、ヴォルフガングは容易に察することができた。

『お願いだよ、エレオノーラ。必ず君を幸せにするから……だから、僕のお嫁さんになってくれないかな?』

『そ、そうですわね……まあ考えて差し上げなくもない話ではありますけれど。何度も言いますが、わたくしの身体は、決して綿菓子のようにふわふわと柔らかいわけではありませんからね』

『うんうん、もちろんわかっているから大丈夫だよ。きっと君の身体は、綿菓子よりももっと蕩けそうなくらいに甘いんだろうね』

交わされる言葉とは裏腹に仲睦まじいふたりの様子を見るに、遅かれ早かれ縁談が纏まることもまた、容易に想像することができた。

元々ダルスタイン王国は、獣人の国だ。だからたとえ王族であっても、結婚相手である番に身分などの条件を求めることはない。

とは言え隣国の王女が番であったことは、これ以上ないほどの僥倖だと言えただろう。

いずれにせよふたりの幸せな姿が見られる日も近いはずだと、ヴォルフガングは考えていた。しかし晩餐会から数時間後、エレオノーラは突然態度を変えたのだと、ディートハルトは言った。

『わ、わたくしは、貴方と結婚できません……』

『エレオノーラ、どうして……!?』

『アシュレイが……大切な妹が祖国にいる限り、わたくしは誰とも結婚してはいけないの』

青ざめた表情で、部屋を尋ねてきたディートハルトを追い返そうとしたエレオノーラに、弟は自身の腕輪を渡したそうだ。エレオノーラに何かしらの危険が迫っていると、ディートハルトは感づいたのだろう。

だがそれから一時間も経たない間に、エレオノーラは毒物を呷って意識を失った。

『エレオノーラが、意識を失う前に言ったのだ。ディートハルト殿下に……暴力を振るわれ、凌辱されたと』

ユスティア王国の王であるクラレンスから悲痛そうに告げられた言葉を、ヴォルフガングに信じることはできなかった。弟であるという点を除いても、到底信じられるはずもない話だと思った。

獣人にとって番は絶対だ。愛しいと思うあまり、勢いあまって少しだけ触れてしまうこともないとは言えないが、それでも最低限の同意だけは絶対に得る。そして可能な限り番を甘く蕩けさせたいという願いを本能的に持つ獣人が、よりにもよって自分の命よりも大切な番に暴力を振るうわけがない。

だからクラレンスの言葉を、ヴォルフガングは瞬時に嘘だと判断した。しかし獣人の本能という根拠のない証拠だけで、クラレンスの嘘を暴くことは、残念ながらできなかった。おまけにディートハルトがエレオノーラに腕輪を預けてきたことが、仇となってしまったのだ。

それゆえにユスティア王国内でディートハルトに対する疑惑がますます深まる中、弟は兄に向かって静かに告げた。

『兄さん、僕ちょっとユスティア王国に行ってくるよ』

『正気か？　見つかれば殺されるかもしれないんだぞ』

『大丈夫。耳も尻尾も消して人間の振りをして、王立病院に医者として入る予定だから』

王族に生まれたものの、王位を継承しない第二王子であったために、誰かの役に立ちたいという思いから医療を学んでいたことが、今ここで役に立つのか。

複雑な気持ちを抱く反面、番のためなら命さえも懸けられるその気持ちは、ヴォルフガングにも痛いほどわかった。

『ディートハルト、気をつけろよ』

『うん、兄さんもね』

そうして弟はひとり旅立った。

アシュレイは、ヴォルフガングがディートハルトを匿っていると思っていたようだが、実際には弟はエレオノーラの最も近くにいる。

彼女自ら毒を呷ったのか。それとも誰かに毒を盛られたのか。真実がわからない中で、何よりも大切な番の命を護るために。

「……アシュレイ、お前は自分で気づいたのか」

今回のことをアシュレイに悟らせるつもりはなかった。

兄のクラレンスが何かしらの秘密を握っていると気づいてしまったら、きっと愛しい番は少なからず傷つくだろう。

それなら全てが解決するその日まで、これまで通り自分を憎み続けてもらった方が良いと、ヴォルフガングは考えた。それでアシュレイの心が壊れずに済むのなら、いくらでも憎まれてみせようと思ったのだ。

「それなのに……アシュレイが、あの日のことまで思い出してくれるとはな……」

一年前のユスティア王国の建国記念日前日、ヴォルフガングと初めて言葉を交わした時のことを、アシュレイは思い出してくれた。

その結果彼女は、実の兄を疑わなければならなくなってしまったというのに。自分との大切な思い出を、もう一度頭に甦らせてくれたことが、ヴォルフガングにはどうしようもないほどに嬉しくて堪らない。

「アシュレイ、俺は一生をかけて必ずお前を幸せにしよう」

そのためにも、まずは全てを解決させる必要がある。

「……だからお前は、一生俺の隣にい続けてくれ」

一週間後には、全てが解明する。必ず全てを解明させて、アシュレイの心に平穏を取り戻してみせるから、だからどうか。

腕輪を嵌めた彼女の手を取り、ヴォルフガングが心からの願いとともに眠る、アシュレイの手の甲に唇を押し当てる。

その時、寝室の扉がコンコンと叩かれた。

「……どうぞ」

ヴォルフガングの許可を得た人物が、寝室の扉を静かに開けて、室内へと静かに入って来る。

「アシュレイ様はもう、お休みになられたようですね」

それは、茶色の髪をひとつに纏めたアシュレイの家庭教師のサーシャだった。そして椅子に腰をかけているヴォルフガングの隣に立ち、呆れたように小声で呟いた。

「全く……いくら番が愛おしいからといって、さすがに限度というものがあるでしょうに。我を忘れて貪り尽くすだなんて……遠い昔に許可も得ず、わたくしを祖国から攫った貴方のお父様に、何だか年々似てきているような気がするわ」

「……家庭教師殿がどのようなご用件で？」

ヴォルフガングは小言を聞き流し、サーシャに尋ねる。

その瞬間、ヴォルフガングと同じ琥珀色の彼女の瞳が鋭く細められた。

「家庭教師の時間は終わりよ。わたくしは今、アシュレイの義母としてお見舞いに来たの」

ヴォルフガングが家庭教師に頼んだサーシャは、アレクサンドラ——つまり、王太后だった。

「本当は、アシュレイが起きているうちに来たかったのだけれど。ほら、まだわたくしの正体に気がついていないでしょう？」

「そのようですね……」

サーシャとアレクサンドラが同一人物であることに、アシュレイは早々に気づくだろうと、ヴォルフガングも母も予想していたのだが。アシュレイは結婚式の際、夫の命を奪うことだけを考えていたのか、結婚から半月が経過した今も、自身の家庭教師を務めているのが王太后だとは欠片も気づいていないようだ。

「それにしても、義理の娘はやっぱり可愛いわね」

ふっと笑ったアレクサンドラの厚めの唇が、美しい弧を描く。

「涙もろいと聞いていたからついつい心配してしまっていたのだけれど、案外しっかりしているみたいなの。ほとんど攫われてきたも同然の昔のわたくしより、よっぽど熱心にこの国のことも勉強しているわ」

暗殺に成功しても失敗しても命を絶つつもりで、毒薬をふた粒用意していたアシュレイには、王妃になるために必要なこの国の知識が欠けていた。

真面目な性格の彼女は、そのことを密かに気にしていたようだが、ダルスタイン王国は獣人の国だ。番であることだけが王の伴侶になれる条件なので、アシュレイのように知識のない花嫁は非常に多い。父が同意も得ないまま連れ去って来てしまった母のアレクサンドラなど、初めの数ヶ月は、差し出された歴史書を片っ端から破り捨てていたくらいだ。

懸命に学ぼうとしているという素直な心を思うと、ヴォルフガングの胸は喜びと愛おしさで燃え上がる。同時に身体まで反応してしまい、ヴォルフガングは母に気づかれぬよう密かに自分の太腿を抓った。

その直後、アレクサンドラは何かを思い出したように顔を上げ、恐ろしい言葉を平然と告げた。

「そういえばね、わたくしの正体に気づいた時には、貴方と喧嘩をするようにってアシュレイに言っておいたの」

「は……？」

「けれど、どうやら喧嘩をする前に全てが上手くいきそうね」

案外大丈夫そうだと嬉しそうに頷いているアレクサンドラに、ヴォルフガングは唖然とする。

「お待ち下さい、母上。今の言葉はどういう意味ですか？」

唸るように尋ねたヴォルフガングに、アレクサンドラは動じることなく言葉を返す。

「あら、別に大した意味はないわよ。ただ本気で喧嘩でもした方が、仲も進展するかと思ったの」

ヴォルフガングはその返答に、心の底から呆れたようなため息を吐き出した。

「アシュレイと母上は別の人間なんですよ。お願いですから、余計なことはしないで下さい」

「まあ、失礼な息子ね。そもそも遠い昔にわたくしと旦那様が喧嘩をしたおかげで、貴方もディートハルトもこうして無事に生まれてくることができたのよ」

「……はあ」

自分やディートハルトが夫婦喧嘩の末の熱い仲直りによってできた子供であるなど、なぜ親の口から聞かされなければならないのか。

アシュレイの手を握りしめていなければ、間違いなく頭を抱えていただろうと、またしても大きなため息を漏らしたヴォルフガングに、アレクサンドラがぽつりと零す。

「……それにしても、自分の大切な妹に人を殺させようとするなんて、ユスティア王国の王は鬼のようね」

エレオノーラの悲劇からの一年間、クラレンスはきっとアシュレイに言い聞かせ続けてきたのだろう。傷つけられたエレオノーラの苦しみや、家族の悲しみを決して忘れることなく、憎い敵であるヴォルフガングを殺すようにと。

そうしてエレオノーラを傷つけた張本人のディートハルトを、表舞台に引き摺り出すことこそが何よりの正義であると、言い聞かせ続けてきたからこそ、アシュレイはあの夜、震えながらもヴォルフガングを毒殺しようとしたのだろう。

アレクサンドラは王太后なので、初夜のことも当然知っている。それゆえに、彼女は胸の中に静かな怒りを宿した。

「いいえ、狂人だわ。だって自分の妹にまで、毒を飲ませようとしたんだもの」

クラレンスはユスティア王国の王だ。

国王暗殺を企てた者がどうなるかもわかった上で、それでも彼はアシュレイにヴォルフガングを殺させようとしたのだ。クラレンスがアシュレイをどう唆《そそのか》したのかまでは知らないが、少なくともヴォルフガングやアレクサンドラには、クラレンスがアシュレイの死を望んでいたようにさえ思える。

「そもそもなぜ、エレオノーラ姫は毒など呷ったのかしら？」

「それは……」

「だってあれほど長く語り継がれてきた迷信から、アシュレイを必死に守ろうとしていたのよ。それほどに強いエレオノーラ姫が、大切な妹を残して毒を呷るわけがないじゃない」

誰に何を言われても、必ず愛する妹の味方であり続けられるほどの強さを、エレオノーラは持っている。にもかかわらず大切な妹を残して毒を飲むかと問われれば、ヴォルフガングも否と答える。けれど自分で毒を口にしたわけではないとしたら、いったい誰が毒を飲ませたというのか。

――まさか。

一瞬浮かんだ想像は、しかし何の証拠もない。それどころか、理由すらも想像できそうにない。黙ってしまった息子の隣で、アレクサンドラが眠るアシュレイを見つめながらぽつりと呟く。

「どちらにせよ、一週間後には全てが終わるのね」

「……ええ、必ず終わらせます」

弟のためにも、弟の番のためにも。

何より自分の大切な番のためにも、全てを解決してみせようと決意するヴォルフガングに、アレクサンドラは微笑みかけた。

「そうしたら、わたくしの義理の娘はふたりに増えるのよね」

「まあ、そうですね」

「わたくしね、娘とドレスの相談をしながらお茶を飲むのが夢だったの。だって息子だと、何人いても着飾らせることができないんですもの」

そこで一度言葉を切ると、アレクサンドラは心底残念そうにため息を吐き出した。そして今度は、満足そうに顔を綻ばせる。

「だから本当に楽しみだわ」

いずれアシュレイは、自分の家庭教師の正体に気がつくのだろう。

その時もしも愛しの番に怒られたら、土下座でも何でもしてどうにか許してもらおうと、また別の決意を胸に抱きつつ、ヴォルフガングはすやすやと眠るアシュレイの小さな手を握り締めた。

第七章

悍《おぞ》ましい殺意と幸福な再会

一週間後、予定通りユスティア王国の王クラレンスを乗せた荘厳な箱馬車が、ダルスタイン王国の王宮に到着した。

ただ、表向きには良好な関係を築いている隣国であっても、国境を越えることに変わりはないからだろうか。つき従う騎士や従者の数は想像以上に多く、それがアシュレイにはクラレンスの強い警戒心を表しているようにも思えた。

そして、ダルスタイン王国の王としてクラレンスを盛大に迎え入れたヴォルフガングもまた、同様に感じていたのだろう。

しかし彼は、それを表情に出さないどころか、悠然たる態度でクラレンスと握手を交わしている。その姿を見た時、王妃として隣に立っていたアシュレイは、夫としてのみならず、為政者としても彼が尊敬の念を抱くに値する人物なのだと改めて感じた。

「アシュレイ、元気にしていたかな？」

「ええ、クラレンスお兄さまもお元気そうで何よりです」

祖国で暮らしていた時と変わらない、優しげな笑みを浮かべているクラレンスを前にして、アシュレイは背中に風邪の引き始めのような何とも言えない寒気を覚えた。

それでも異変を悟られぬよう、どうにか微笑み続けることができたのは、腕に嵌められているヴォルフガングの腕輪のおかげだ。お守りのようなものだと彼が言っていたその腕輪のおかげで、アシュレイは平常心を保ち続けることができたのだと思う。

そうしてクラレンスが到着した夜の豪勢な晩餐会は、滞りなく行われた。

また、翌日の国王同士の会談についても同様に、さしたる問題もなく終了したようだ。

だが夕刻になり、クラレンスを食堂に案内すべく、会談が行われていた応接間までアシュレイが迎えに来た時、予想外の事態が起きた。

「ヴォルフガング殿。せっかくだからひと月振りの兄と妹の再会を、ふたりきりで楽しませてもらっても構わないかな?」

「クラレンス殿、申し訳ないがこの後には晩餐が控えている」

「そうだね、だからほんの数分で構わないんだ。決して君を信用していないわけではないけれど、それでも兄としては慣れない異国に嫁いだ妹がつい心配になってしまってね。できれば、ふたりきりの時間をもたせてもらいたいんだ」

妹であるアシュレイとふたりきりで話がしたい。

申し訳なさそうな苦笑を浮かべながら、クラレンスがそう願い出たのだ。

「しかし会談を終えたばかりで、クラレンス殿も疲労が溜まっていると思うが。兄と妹の再会を楽しみたいと言うのなら、明日にでも時間を設けてはどうだろうか?」

アシュレイの腰を抱き寄せているヴォルフガングの腕に力が入る。

彼が警戒心を強めたことにアシュレイは気づいたが、一方のクラレンスは何も感づいていないのか。感づいていてなお表情を変えないのか、ただ自分の望みを押し通そうとする。

「いや、明日は明日でスケジュールが詰まっているからね。予定を大幅に変更してもらうというのも、何だか気が引けるよ」

「だが……」

渋るヴォルフガングから視線を隣に滑らせると、クラレンスが尋ねる。

「アシュレイ、君はどうかな？」

「私ですか……？」

祖国で暮らしていた時と変わらない柔らかな笑みが、アシュレイに向けられる。けれどその笑みに微かな悪寒を覚えてしまい、アシュレイは無意識にヴォルフガングが着けてくれた腕輪に触れた。

「私もお兄さまとは、ぜひにお話ししたいところではありますが。ヴォルフガング様も仰っていますように、今は晩餐が控えておりますので……」

突然の申し出に心の準備もできていない今日より、覚悟だけでもできているだろう明日の方が良い。自分の咄嗟の選択は、決して間違っていなかったはずだとアシュレイは思う。

だが一瞬だけ、エレオノーラと同じ空色の瞳の奥に悪感情のようなものを煌めかせると、クラレンスは悲しそうに肩を落とした。

「アシュレイ……僕はね、君が嫁いでから今日まで、ひとり異国に旅立った君のことを物凄く心配していたんだ。だからその兄の気持ちを、どうにか汲んでもらうことはできないかな？」

クラレンスの情に訴えるような物言いに、後ろに控えているユスティア王国の騎士達が感嘆のため息を漏らす。彼らの目にはきっと、悪魔の瞳を持つアシュレイにも心を砕くクラレンスが、優れた人格者のように見えているのだろう。

「クラレンスお兄さま……」

「それとも、僕の心配は不要ということかな？」

クラレンスは優れた人格者ではないことが、アシュレイには何となくわかりかけている。不要だと言い返せばどうなるか。それがわかっていながら問いかけるクラレンスは、むしろかなり狡猾と言えるだろう。

知らなかった実の兄の嫌な一面に、アシュレイの胃はキリキリと痛む。

しかしヴォルフガングの隣に王妃として立っている中で、アシュレイが兄の申し出を断るようなことをすれば、ダルスタイン王国についても、どんな悪評を立てられるかわからない。

「……わかりました、お兄さま。せっかくのご厚意ですもの、お受けいたしますわ」

「ありがとう、アシュレイ。心配性な兄の気持ちをわかってくれて、本当に嬉しいよ」

優しげな笑みを浮かべているクラレンスの瞳が、またしても仄暗い色を帯びる。

「アシュレイ……」

対してアシュレイの腰を抱いているヴォルフガングはとても心配そうだ。僅かに顔を強張らせながら、琥珀色の瞳を不安そうに揺らしている。

「数分ですから大丈夫ですよ、ヴォルフガング様」

本当は断れるものなら断りたかった。

クラレンスがアシュレイに話したいことなど、きっとひとつしかないのだ。

ただここで逃げても、クラレンスはまたアシュレイと接触できる機会を探すだけだろう。

いつまでも兄を避けて、心の中にもやもやとした霧を抱え続けるよりも、むしろ今この場で解決してしまった方が良いかもしれない。

アシュレイがそんな思いも込めつつ微笑みを向ければ、ヴォルフガングはクラレンスが側にいるにもかかわらず、彼女の額に唇を押し当てた。

「もしも急な用事ができたら、その時はいつでも俺を呼ぶといい」

クラレンスや、後ろに控えているユスティア王国の騎士達に配慮してか、ヴォルフガングは遠慮がちに言う。

でもアシュレイにはしっかりと伝わった。だから何かあったら、その時は必ず彼を呼ぼう。そうすればヴォルフガングは必ず、アシュレイを助けに来てくれるはずだ。

「わかりました、ヴォルフガング様」

アシュレイがヴォルフガングを見つめて、しっかりと頷き返す。

するとヴォルフガングは、アシュレイの腰からするりと手を離した。

「アシュレイ。立ち話もなんだから応接間で話そうか。ヴォルフガング殿、数分だけ応接間を借りても良いかな？」

「ああ、構わない」

「それじゃあお言葉に甘えて。……ああ、ここは兄妹水入らずということで、悪いけれどお前達も遠慮してもらえるかな」

自分の背後に控えていた騎士達に、クラレンスが各々自由にして良いと許可を与える。

それからアシュレイとクラレンスは応接間に入り、扉は静かに閉められた。


「アシュレイ、ヴォルフガング殿とはずいぶん仲良しになったようだね」

クラレンスが先に腰を下ろし、ふっと笑う。

「……ヴォルフガング様には、とても良くしていただいておりますので」

アシュレイは警戒しつつも、クラレンスの向かいにあるソファに座った。

「そう……それなら、僕も安心だよ。異国にひとり大切な妹を嫁がせるというのは、やっぱり何かと心配だったからね」

アシュレイに向けられる柔らかなその笑みは、祖国で見ていたものと何ら変わらない。

でもきっと、クラレンスはそのような話をするためだけにアシュレイとふたりきりになったわけではないのだ。

そして案の定、クラレンスは悲しそうに目を伏せた。

「けれど君は、忘れてしまったのかな？」

「……」

「僕達のエレオノーラが誰に傷つけられたか。アシュレイ、君はそれさえも簡単に忘れてしまうような薄情な妹ではなかったはずだよ」

つい申し訳ありませんと答えてしまいそうになる。

そのくらい悲痛そうな表情で妹を見つめるクラレンスを、アシュレイはもの恐ろしいとさえ思った。

──クラレンスお兄さまは、きっと……。

あの夜について、クラレンスはアシュレイ達が知らないことを隠しているはずだ。ディートハルトを、何よりヴォルフガングを信じると決めた時点で、アシュレイは僅かながらクラレンスに疑念を抱き始めている。

「……忘れたわけではありません」

クラレンスから視線を逸らさずに、アシュレイが返答する。

すると兄は、ほっと安堵したように息を吐いた。

「良かった。そうだよね、あれほど大切に守られ続けてきた君が、まさかエレオノーラの悲しみを忘れられるはずもないよね」

「ええ……」

「でもそれならなぜ、ヴォルフガング殿は生きているのかな？」

細められた空色の瞳が鋭さを増す。

「……思いがけず、失敗してしまいましたので」

「そう……」

クラレンスが少し肩を落とす。

「なるほど、やっぱり君は失敗してしまったんだね……」

そして兄はアシュレイに向かって僅かに苦笑した。仕方がないとでも言うようなその笑い方は実に軽やかで、とても人殺しを命じた人間のものとは思えない。

成功すればヴォルフガングが、失敗してもアシュレイが命を落とすことは自明であったはずなのに。クラレンスはまるで、ふたりの命をただの塵とでも思っているかのように平然と笑っている。

その表情にアシュレイはぞっとした。

――そもそもお兄さまは、どうして私にヴォルフガング様を殺させようとしたの？

激しい恨みも憎しみも感じさせないその笑みに、アシュレイはなぜだろうと身体を強張らせる。

「……まあ、何となくそうかなとは思っていたんだ。君が結婚したあの日から、待てど暮らせどヴォルフガング殿の訃報は届かなかったからね」

そしてクラレンスは、「だから」と続けつつ懐に手を入れた。

「君に、新たな毒を持って来たんだ」

目の前にある長机の上に、クラレンスがコトリと小瓶を置く。

中に入っている紫色の液体は、見るからに強力そうだ。

息を凝らし、じっと兄を観察するアシュレイに、クラレンスはふわりと頬を緩める。

「これは、ラズフィニウムの毒と言ってね。前回君に渡したマジェリスの毒よりも、遙かに素晴らしいんだ。なにせ口に入れてものの数十秒で、呼吸が止まってしまうほどだからね」

まだ実行していないにもかかわらず、クラレンスは成功を確信しているようだ。

「アシュレイ、君ならできるよね？」

できないとは言わせないその問いかけを、アシュレイは全く予想していなかったわけではない。

けれど心のどこかでは、こうならなければいいと望んでいたように思う。

「……いいえ」

「アシュレイ？」

「いいえ、クラレンスお兄さま。……私にはもう、できません」

妹に再び暗殺を強要しようとするクラレンスに、アシュレイは不安から視線を揺らしつつもきっぱりと拒否する。

するとクラレンスは苦笑を漏らした。

「アシュレイは臆病だね。たった一度の失敗くらい、気にしてはだめだよ」

「違います。クラレンスお兄さま、私はもうヴォルフガング様を……」

「——何を言っているのかな？」

「え……？」

その瞬間、凍えそうに冷たい声音が鼓膜を震わせた。

「アシュレイ、君にできないはずがないだろう？」

アシュレイを見るその目に、侮蔑《ぶべつ》の色が宿る。

「今宵、ベッドの中で飲ませてごらん。ああ、何なら媚薬とでも偽って、君から誘ってみるのも良いかもしれないね」

冷たい声音に嘲笑が混じる。初めて見るその表情や、今までに聞いたことのない声音に、背筋が凍りついてしまいそうだ。

それでもアシュレイは、震える唇で疑問を投げかけた。

「お兄さまは……なぜそこまで、ヴォルフガング様を殺したいとお思いになるのですか……？」

「おやおや、君はどこまで愚かなのかな？」

まるで悪戯をした幼子を窘めるかのような口振りで、クラレンスがアシュレイに向かって棘《とげ》のある言葉を吐き捨てる。

「いや、ただの悪魔か。それも大切なエレオノーラの悲しみを忘れようとしている、醜い悪魔のようだね」

「……っ」

クラレンスは、アシュレイが一番聞きたくない言葉を口にすると、嘲るように笑った。

衝撃の大きさに目の前の光景が信じられないと思ったその時、アシュレイの頭の中にエレオノーラの言葉が甦った。

『本物の悪魔はね、悪魔の心を持った人間のことを言うのよ』

『自分勝手な理由で人の命を奪って、禁忌だと知っていてそれでもなお、わたくしのことを――』

わたくしのことを何だろう。エレオノーラは、あの時何と続けたのだろう。

その先を想像しようとするアシュレイをよそに、クラレンスは不思議そうに呟く。

「僕のエレオノーラは、どうして君のような悪魔をあれほど可愛がっていたのか。僕には、まるで理解できそうにないよ」

「お兄、さま……」

僕の、という言葉は、実の妹に向けるものとして正しいのだろうか。

不自然に感じ、顔を強張らせたアシュレイを、クラレンスは気にも留めない。

「でも、あの慈愛の心があってこそ、エレオノーラという完璧な女性は完成するのかもしれないね」

恍惚とした表情で、クラレンスが頬を染める。さっきまで毒殺の話をしていた人間の行動とは思えず、また妹に向ける言葉とも考えられず、アシュレイは顔を青ざめさせた。

だが、クラレンスは追い討ちをかけるように吐き捨てる。

「ただ、エレオノーラは心優しいあまり、醜い悪魔を大切にしすぎていてね。目障りだから殺してしまおうかと告げたら、僕に泣きながら縋ってきて……腹立たしい反面、あの時のエレオノーラの美しさと言ったらもう、言葉にはできないくらいだったよ」

アシュレイからすると、狂っているとしか思えないような台詞を、クラレンスはとても幸せそうな声音で言う。うっとりしている様子の兄は、目の前に座るアシュレイの存在などまるで忘れてしまったかのようだ。

——どういう、ことなの……？

クラレンスは、実の妹であるアシュレイに対する殺意を、エレオノーラに話したということだろうか。兄はもしや、血の繋がった妹のエレオノーラに、肉親に向けるもの以上の危険な感情を抱いているのだろうか。

あり得ない。信じられない。自分が想像していた以上のことが、真相には隠されているような予感がして、アシュレイは思わず言葉を失う。

その瞬間、クラレンスは瞳に仄暗い輝きを宿すと、まるで迷信に登場する人の魂を奪う悪魔のような悍《おぞ》ましい目つきで、アシュレイを見た。

「そうだ、ヴォルフガング殿を殺したい理由だったね」

「……え、ええ」

「単にね、邪魔だからだよ」

「え……？」

「ヴォルフガング殿はね、邪魔なだけだよ。僕が本当に殺したいのはね、あの忌々しい王弟の方だ」

クラレンスの瞳に激しい憎悪が宿る。

王弟とは、ディートハルトのことだ。それはつまり、ディートハルトがエレオノーラを傷つけたと、クラレンスは今でもそう思っているということだろうか。

「ディートハルト殿下が、エレオノーラお姉さまを傷つけたから……？」

だからクラレンスは、ディートハルトを殺したいのだろうか。単に復讐しようとしているだけなのだろうか。

——それとも、まさか。

そもそもディートハルトの存在が、クラレンスにとって邪魔だからだろうか。

こういう時に限って冴え渡る自分の思考を恨むアシュレイに、クラレンスは肯定するように穏やかな笑みを向ける。

「アシュレイ、理由がわかっているのなら言ってみてごらん」

「そ、れは……でも……」

その笑みの恐ろしさに、アシュレイは唇を震わせた。

「ああ、でも、もうあの王弟が邪魔だとわかっているのなら、今宵ラズフィニウムの毒でヴォルフガング殿を殺してくれるね？」

「い、いやです、お兄さま……」

それだけは絶対に嫌だと思った。アシュレイには、ヴォルフガングを殺すことなどもうできない。

この場にいないヴォルフガングに縋るように、腕に嵌まる腕輪をドレスの上から触りつつ、アシュレイが拒絶すると、クラレンスは鬱陶しそうに眉を顰めた。

「君は全く……あれもいや、これもいやって、どれもこれも拒否してばかりだね。どうしても兄の言うことを聞けないというのなら……」

不愉快そうに呟き、クラレンスがソファから立ち上がる。

「お、お兄さまは、何を……」

その姿にアシュレイが思わず身構えた時だった。

驚くような速さで長机を回り込むと、クラレンスはアシュレイの座るソファに片膝を突き、そしてアシュレイの銀髪を思い切り摑み、細い身体をソファに押し倒した。

「――っ！」

髪を引っ張られたために頭皮が、ソファとはいえ勢いよく打ちつけたために背中が痛い。クラレンスはアシュレイの上に馬乗りになると、妹の首に手を掛けた。

「……っ」

「いいかい、アシュレイ。エレオノーラはね、昔から僕のものなんだよ」

首に掛けられた手には、まだ力は入れられていない。

「君みたいな悪魔のものでもない」

仄暗い目が、アシュレイを不気味なほど静かに見下ろす。

いつ手に力を入れられるかわからない恐怖から、アシュレイの身体は小刻みに震え出した。

「穢《けが》れを知らない、僕だけの清らかなお姫様なんだよ」

ぞっとするような言葉が鼓膜を支配した瞬間、アシュレイは理解した。

クラレンスは本当に、禁忌的な愛情をエレオノーラに向けているのだ。

だが、その先にある近親相姦は罪だ。親と子や兄と妹といった関係にありながら、恋情を抱き淫らな行為に及ぶことは、どんな世界でも禁忌だろう。

――あり得ない。信じられない。

悪い冗談だと思ってしまいたい。でもクラレンスは、アシュレイに現実逃避を許さない。

「それでもね、僕のエレオノーラが君を大切にしていたから。だから僕は、君を殺さないでいることに決めたんだ」

祖国で見ていたものと変わらない優しい笑みを、クラレンスは浮かべる。

「それに君は女の子だからね、エレオノーラを盗られる心配もなかった」

「離、して……お兄さま……」

しかし今度は、空色の瞳だけが陰った。

「でも両親は、エレオノーラを僕以外の誰かに嫁がせようとした。だから消えてもらったんだ」

「うそ……まさか……」

「うん、僕が馬車に細工をした。でもまあ、邪魔だったから仕方がないよね」

信じられない事実に、アシュレイの目が大きく見開かれる。

国王である父も王妃である母も当然、国に有益な相手とエレオノーラを結婚させようとしていた。そのための社交界デビュー直前に、クラレンスは両親を邪魔者として殺したというのか。

「そんな……」

「両親を殺して、僕が国王になって、そうしたらエレオノーラは僕の手元にずっと置いておけるはずだった」

「……っ、ぅ……」

「それなのに、まさかあの忌々しい獣人と結婚したいだなんて言い出すとはね。許せるはずがないと思わない？」

クラレンスの中で怒りが燃え上がっているのか、アシュレイの首にかかっている手に僅かながらも力が入る。

「……や、めて……お兄さま……」

この状況でクラレンスを刺激してはいけないとわかっていても、アシュレイは恐怖からつい兄の手に爪を立てた。

だがヴォルフガングよりは細身であっても、クラレンスは大人の男だ。馬乗りになられている状態では、非力なアシュレイにはとても敵わない。

「だからあの日、僕はエレオノーラに毒を飲ませた」

「どう、して……」

クラレンスのエレオノーラに対する愛情は歪んでいる。それでも心の底から大切に思っていたのなら、毒を盛るなどあってはならないことなのではないのか。

クラレンスは、身体を震わせながら尋ねるアシュレイを見下ろすと、ああ、と事もなげに頷いた。

「君は勘違いしているみたいだけれど、別に死ぬような毒ではないよ。それに、エレオノーラがあまりにも言うことを聞かないから頰は叩いてしまったけれど、素肌には一切触れていないしね」

「そ、れは……」

「当然だろう？　僕の清らかなお姫様は、誰にも穢されてはならない特別な存在なのだから」

妹に肉親以上の愛情を向けること自体禁忌だ。だがクラレンスは、エレオノーラに対して、まるで人形を愛でるかのような歪な愛情をも抱いているらしい。

「本当に、ただ静かに眠り続けてもらっているだけなんだ。……そしてエレオノーラにはね、これからも清らかなまま眠り続けてもらう予定だよ。僕の側で、僕が死ぬその時まで、永遠にね」

この上もないほど幸せそうに笑うクラレンスを前に、衝撃のあまりいっそのこと気を失ってしまいたくなる。何も知らなかった頃に戻ることができたらとも思ってしまう。

けれど現実は非情だ。

「さて、アシュレイ。僕は君に包み隠さず全てを話したよ。だから君も、僕に協力してくれるよね？」

「お兄さま、私は……」

「僕はね、ずっと不安なんだ。あの王弟にいつかエレオノーラを奪われたらって、そう思うだけでこの一年間生きた心地がしなかったほど、不安で不安で仕方がないんだよ」

だからアシュレイにヴォルフガングを殺させて、そうしてディートハルトを自分が殺す。情に訴えかけるように、クラレンスがアシュレイを見つめる。

それでも協力など、絶対にできるはずがない。

——許せない。

クラレンスは身勝手な想いだけを理由に、エレオノーラを傷つけた。エレオノーラはディートハルトの番として、アシュレイと同じように深い愛情に包まれて幸せになるはずだったのに、それなのに。誰よりも強くて、誰よりも優しい、アシュレイの大切な姉から、この男は幸せを奪ったのだ。

——許すものか。

アシュレイの紅色の瞳が、激しい怒りに燃え上がる。煌めきを放ちながら、クラレンスを鋭く睨めつける。

だが状況が悪かった。

「アシュレイ、君はまさか僕に協力しないとでも言うのかな？」

クラレンスがおどけるように問う。

そして今協力しないと言ったらどうなるか、アシュレイだってわからないわけではない。

——それでも私には、ヴォルフガング様を殺せない。

人間と獣人という持って生まれた力の差には敵わないから。この国に嫁いで来たばかりの頃なら、ただそのように思っただろう。

けれどアシュレイは今、絶対にクラレンスに協力したくないと思った。協力してヴォルフガングを失うことを、アシュレイは絶対に嫌だと思った。

——ああ、そうか。

アシュレイはもうヴォルフガングを愛しているのだ。

深い愛情でアシュレイを包み込む、不器用で優しい獣人王を。この不吉な紅色の瞳を美しいと言った彼を、アシュレイは愛している。そしてこれからもヴォルフガングの隣で生きて行きたいのだ。ヴォルフガングが注いでくれる深い愛情と同じだけのものを、今度はアシュレイが彼に返していくのだ。

——だから絶対に協力などしてやるものか。

きっぱりと拒絶するように睨みつければ、クラレンスはアシュレイに侮蔑の視線を向けた。

「本当に君は愚かな悪魔だね。僕のエレオノーラがどうしてこんな愚か者を大切にしていたのか、やっぱり最後までわかりそうにないよ」

「……っ、はな、して……っ」

獲物を少しずつ甚振るように、段々力を強めて気道を塞いでいく。アシュレイは息苦しさを感じ、精一杯クラレンスの手に爪を立てて、首から引き剝がそうとした。

だが非力なアシュレイの抵抗に、クラレンスの手が緩むことはない。

「君を殺したら、きっと僕は死罪だろうね」

「それ、なら……っ」

「心配はないよ。僕が死ぬ時にはちゃんと、エレオノーラも連れて行く予定だからね。……うん、本当に良い案だな。だってそうしたらもう、僕のエレオノーラを奪える者は誰ひとりとしていなくなるわけだからね」

「だ、め……っ」

そのようなことが許されてたまるかと、アシュレイが兄の手に爪を食い込ませる。血が滲むほどに爪を突き立てる。

それでも決して剝がれない手に、意識が朦朧とし始めたところで、アシュレイの中にもはやこれまでかという諦めの気持ちが芽生えかけた。

——苦しい……。

呼吸の儘《まま》ならない苦しさから、視界が涙で滲む。掠れた吐息ばかりで、もう声すら碌に出てこない。

――わたし、死ぬの……？

クラレンスの手によって、アシュレイはこの場で命を落とすのだろうか。

死期を悟った瞬間、不意に腕がソファの背にぶつかったことで、アシュレイはヴォルフガングから借りた腕輪の存在を思い出した。

――嫌だ。

まだ、アシュレイは死にたくないのだ。

ヴォルフガングの毒殺に失敗した夜、一度は手放そうと思った命なのに、おかしな話だとは思う。でもアシュレイは、もっとヴォルフガングの側にいたい。彼の側で生きて、彼の側で泣いて、そしてアシュレイだけが彼の癒しでありたい。

一週間前、寝室で告げられた『愛している』という言葉に、アシュレイの心を守るためなら憎まれても構わないと思うほどの深い愛情に、アシュレイはしっかりと応えたい。

何より、彼に愛していると伝えたい。

だから絶対に、ここで死ぬのだけは嫌だ。ここで死んでたまるか。

――助けて。

涙で視界がぼやける中、ただひとりの獣人を想う。

――助けて、お願い。

アシュレイの愛する大切な彼だけを想う。

「つ、ヴォルフ、ガング……さま……っ！」

火事場の馬鹿力とでもいうのだろうか。

意識が朦朧とする中、アシュレイが掠れた声でヴォルフガングの名を必死に呼んだその時。

「――っ！　アシュレイ……！」

破壊しそうなほどの勢いで応接間の扉を開け、ヴォルフガングが室内に入ってくるやいなや、アシュレイの上に馬乗りになっていたクラレンスを殴り飛ばした。

その瞬間形容しがたい鈍い音が応接間に響き渡り、首から兄の手が離れたことで、アシュレイは勢いよく息を吸い込んだ。

「……っ、げほっ、ごほ……っ、はあっ、……はあ……っ」

「アシュレイ！　大丈夫か!?」

ヴォルフガングはソファに転がるアシュレイの身体を素早く抱き起こし、背中を大切そうに擦る。

――ああ、本当にヴォルフガング様だわ……。

自分を包む温もりと香りに安堵し、アシュレイの頬にほろりと涙が零れ落ちた。

「悪い、あいつとお前をふたりきりにした俺のせいだ」

アシュレイだけを映し出している琥珀色の瞳が、泣き出しそうに揺れている。

黒い三角の耳も悲しそうにぺたりと伏せられており、アシュレイを抱きしめる際には必ずと言って良いほど聞こえてくる、尻尾の揺れから生じる衣擦れの音も聞こえない。

「ヴォルフガング、さま……」

本当は今すぐ抱きしめ返したいのに、酸欠のせいで思うように腕に力が入らない。

それでも大丈夫だと伝えるように、アシュレイは彼の胸に顔を埋めた。

そしてヴォルフガングがよりいっそう、アシュレイの身体を強く抱きしめた時だった。

「おーい、おふたりさん。いちゃいちゃしたいのはわかるけどな。とりあえず、こいつどうするよ？」

どこかで聞いた覚えのある声が、アシュレイの鼓膜を擽った。

「何だ、ローランドか」

ローランドと聞き、顔を上げたところで、アシュレイは気がついた。ヴォルフガングの向こうにいる男は、一年前の建国記念日の前日、アシュレイのことを〝細っこいの〟と、エレオノーラのことを〝柔らかそうなの〟と評した、あのローランドだ。

「おう、邪魔して悪いな。それで、どうするよ？　こいつたぶん、しばらく目を覚まさないぞ」

ヴォルフガングに強い力で殴り飛ばされたからだろう。

ローランドがぺちぺちと頬を叩いても、クラレンスは意識を取り戻さないようだ。

「そうだな。とりあえず、丁重に牢屋にでもお運びして差し上げろ」

「はいよ。了解……っと」

ローランドが、気を失っているクラレンスをひょいと肩に担ぎ上げる。

「ちなみにあいつらはさっき到着したところだから、もうすぐここに来るぞ」

「ああ、わかった」

ローランドはヴォルフガングに片手を上げると、気を失っているクラレンスを肩に担いだまま応接間の扉に向かってずんずんと進んで行った。

金色の丸い耳を揺らして、ローランドが室内から出て行き、扉がバタンと閉められる。アシュレイがその扉を呆然と眺めていると、ヴォルフガングは大きな手で彼女をぎゅうと抱きしめた。

「おい、アシュレイ。あいつは駄目だぞ」

まるで牽制するように、彼が黒い大きな耳をピンと立てる。再び聞こえ始めていた尻尾の衣擦れの音も、警戒心を露にするかのようにピタリと止んだ。

ヴォルフガングはきっと、要らぬ嫉妬をしているのだろう。

こういう犬のような、いや狼のような感情の表し方は、本当に素直で可愛らしい。

胸の奥がじんわりと熱くなり、アシュレイはようやく力が入るようになった腕でヴォルフガングを抱きしめ返した。

「ヴォルフガング様……」

そして彼の胸に顔を深く埋め、嗅ぎ慣れた香りを思い切り吸い込む。

肺の中までしっかりと染み込ませるように、幾度も幾度も吸っては吐いてを繰り返しているうちに、また元気を取り戻したヴォルフガングの尻尾は右に左にと忙しなく揺れ始めた。いつも通りのばさばさという愛くるしい衣擦れの音が、アシュレイの鼓膜を幸せで満たす。

「アシュレイ、お前の命が無事で本当に良かった」

ヴォルフガングはアシュレイを深く抱きしめると、安堵したように息を吐き出した。

「こちらこそ……助けて下さって、本当にありがとうございます」

お互いがお互いをもう離さないというように、しっかりと抱きしめ合う。

そうしてしばらく幸せと温もりを分け合った後、アシュレイはふと気がついた。

「……あの、クラレンスお兄さまを牢屋になどお連れして大丈夫でしょうか？」

「別に問題はない」

「でも……」

クラレンスがアシュレイに語ったことには、大した証拠がない。もしも身の潔白を主張されたら、大変面倒なことになるだろう。

アシュレイが困ったような顔をすると、ヴォルフガングは彼女の額にちゅっと唇を押し当てた。

「心配するな。たしかな証拠はある」

「本当ですか……？」

「ああ、そうだ。……いや、むしろ証言と言った方が――」

この場合は正しいのかもしれないな。そう続けたヴォルフガングの声に、その時激しい扉の開閉音が被せられた。

「――アシュレイ！」

「え……？」

どうしてだろう。エレオノーラの声が聞こえたような気がする。

もしや願望が、ついに幻聴を生み出してしまったのだろうか。

この一年間、聞きたくてたまらなかったエレオノーラの声が、たった今アシュレイの耳に飛び込んできたような気がして、困惑したアシュレイはヴォルフガングを見上げた。

「あの、ヴォルフガング様……」

「どうした？」

「その……今、エレオノーラお姉様の声が聞こえたような気がしたのですが。もしかするとついに私、幻聴が聞こえるようになってしまったのかもしれません……」

真面目な顔でそう告げるアシュレイに、ヴォルフガングはふっと表情を和らげる。

「まあお前は、妬けるほどに姉が大切なようだからな」

ヴォルフガングが、それも仕方がないというように笑う。

だがエレオノーラは、ユスティア王国にある王立病院で眠り続けているのだ。この場でエレオノーラの声など聞こえるわけもない。

寂しさを振り切るように、アシュレイが自分に言い聞かせようとした時だった。

「アシュレイ！　幻聴じゃないわ、本物よ！」

ヴォルフガングの腕の中から妹を奪い返すように、エレオノーラが走り寄ってきて、アシュレイの肩をがしりと掴んだ。

「……っ！」

「だから、わたくしは本物なのよ」

「……え？」

アシュレイの目の前に、エレオノーラが立っている……ように見える。

「まさか、幽霊……？」

「ちょっと、何を言っているの。アシュレイったら、お姉さまを殺してはだめでしょう？」

「え？　でも、だって……え……？」

幽霊ではないと言うのなら、アシュレイの視界に映るエレオノーラは果たして何なのだろう。

狐に摘まれたように、ただただアシュレイが瞬きをする。

「待って、でも、ええと……」

さっきから間抜けな声しか出していない自覚はある。

それでも今のアシュレイには、間抜けな声以外出すことができなかった。

「……ねぇ、アシュレイ。もしかして、お姉さまのことを忘れてしまったの？」

「まさか……！　忘れるわけがないわ。だってエレオノーラお姉さまは、私の大切なお姉さまだもの！」

そう、エレオノーラはアシュレイの姉だ。この世にただひとりの、大好きで大切な姉だ。

でも、ここはダルスタイン王国であって、ユスティア王国ではないのに。それ以前にエレオノーラは、一年前にクラレンスの手によって飲まされた毒のせいで、今もユスティア王国の王立病院にて眠り続けているはずなのに。いったいどうして。エレオノーラはなぜ、アシュレイの目の前に立っているのだろう。

「だって、エレオノーラお姉さまは……私の大切なお姉さまは……」

「あらあら、アシュレイったらすっかり子供に戻ってしまったみたいね。でも、そういうのも可愛いとお姉さまは思うわ」

エレオノーラが、空色の瞳をゆるりと細める。心の底から愛おしそうに、アシュレイを柔らかな眼差しで包み込む。

「それにアシュレイは、相変わらず泣き虫なのね」

「お姉さま……」

それ以上の言葉が出てこない。一年振りに見る表情豊かなエレオノーラの姿をしっかりと目に焼きつけたいのに、なぜか視界がぼやけて大変見づらい。

「なあに？　アシュレイ、どうしたの？」

「エレオノーラお姉さま……っ！」

ヴォルフガングの腕の中からするりと抜け出すと、アシュレイはエレオノーラの柔らかな胸に飛び込んだ。

エレオノーラは、飛びついてきた妹をしっかりと抱きしめる。

「お姉さま……！　エレオノーラお姉さま、わたし……っ！」

エレオノーラはいつ目が覚めたのか。どのようにしてダルスタイン王国までやって来たのか。聞きたいことがたくさんある。そして、それ以上に話したいことも。

ダルスタイン王国の王であるヴォルフガングと結婚したこと。毒殺するはずが、いつの間にか彼を愛してしまっていたこと。何よりエレオノーラ以外にも、この悪魔の瞳と呼ばれるアシュレイの紅い瞳を好意的に受け止めてくれる人が存在したことも、全て姉に話したい。

それなのにどうにも嗚咽が止まらず、ただお姉さまと叫ぶことしかできない。

「アシュレイ、心配をかけてしまったわね」

泣き続ける妹の背中を、姉もまた泣きながら撫でる。

「それに、苦労もさせてしまったわ。……辛い思いもしたでしょう」

時折姉が妹の背中をぽんぽんと叩く。

「い、いいの……エレオノーラお姉さまの目が、覚めたのならそれで、いいの……っ」

エレオノーラが意識を取り戻しただけで、アシュレイは全てを水に流せる。

この一年、辛い思いも悲しい思いも数えきれないほどしてきたけれど、それでもエレオノーラが無事であれば、アシュレイはもうそれだけで十分だと思った。

そうしてまた嗚咽を漏らすアシュレイの濡れた頬を、エレオノーラの柔らかな手が拭う。

その懐かしい手の温もりにまたアシュレイが涙を溢れさせると、エレオノーラの背後から、なぜか涙の交じった声が聞えて来た。

「ああ、良かった……本当に、良かった……」

ぐすぐすと泣いているため非常に聞き取りづらいが、この声にはアシュレイも何となく聞き覚えがある。

「どうしよう……僕の番が、とても嬉しそうで……や、妬けるけど、でもそんなことどうでもいいほど……僕も嬉しいよ……」

そうだ、この声はたしか。アシュレイは、声の主が誰であるかをたしかめようと顔を横にずらす。しかしそれよりも先に、ヴォルフガングはさらりと答えを口にした。

「おい、ディートハルト。何でお前まで号泣しているんだ」

「だ、だって兄さん……っ、僕の大切な番が、涙を流すほど、喜んでいるんだよ……」

「それで？」

「だ、だからつい……釣られて涙が出ちゃうんだけど、に、兄さんは何も感じないの……？」

「俺はお前とは違う。……というより、やめろ、ディートハルト。お前が俺に抱きついて、どうする……」

呆れと困惑と、そして少しだけ羞恥が含まれているような声音で、自分に身を預けてきた弟に、ヴォルフガングが苦言を呈す。けれど、そんな弟をなんだかんだと言いながらも受け入れているヴォルフガングは、兄としてとても弟を大事に思っているのだろう。

アシュレイ以上に号泣しているディートハルトと、困ったように眉を寄せているヴォルフガングという何とも面白い組み合わせをしっかりと見て、姉と妹は揃ってぷっと吹き出した。

「アシュレイ、悪いが一度こいつに番を返してやってくれるか？　それからお前は、そろそろ俺の腕の中に戻ってきてくれ」

「……はい、ヴォルフガング様」

名残惜しいと思いつつもエレオノーラから離れると、アシュレイはヴォルフガングの腕の中に舞い戻った。

　一方エレオノーラは、ディートハルトの腕の中に戻るよりも先に、号泣しているディートハルトに飛びつかれていた。自身に縋りつきながら泣いているディートハルトを見る姉の目は、完全に呆れている。けれど頬はうっすらと紅色に染まり、口元には隠し切れない笑みを浮かべていて、エレオノーラもまた本当に幸せそうだ。

　この日、一年振りに姉と言葉を交わすことが叶い、溢れるほどの幸せを、きっとアシュレイは一生涯忘れないと思う。

第八章

獣人の深い愛情と溺れる幸せ

応接間での一年振りの再会に泣き、その後の晩餐中の語らいでも泣いた。泣いて泣いて、泣き過ぎて涙も涸れてしまうのではないかと思うほどに、アシュレイは泣いた。

いやアシュレイのみならず、エレオノーラも泣いていて、そして何より最も泣いていたのはもしかすると、ヴォルフガングの弟であるディートハルトだったのではないだろうか。

「アシュレイ、ここに来い」

止まっていた一年の時を取り戻すように、湯船に浸かっている間も姉と語らった。それでもまだまだ話し足りないと思いつつ寝室の扉を開けたアシュレイを、ベッドの中央に座っているヴォルフガングが呼ぶ。

アシュレイは扉を閉めてからベッドに上がり、ヴォルフガングの前に腰を下ろした。

「まだ、目元が腫れているようだな……」

「……だいぶ泣きましたから」

ヴォルフガングの大きな手がアシュレイの頬を包み込み、赤みを帯びている眦を親指がそうっと撫でる。

彼の優しい手つきに心地好さと擽ったさを覚えて、アシュレイは身体をふるりと震わせると、唇を開いた。

「一週間前にヴォルフガング様が仰っていた、私に会わせたい『人間』というのは、やはりエレオノーラお姉さまのことだったのですね」

「ああ、そうだ」

一週間前にそう告げられた時、アシュレイは一瞬だけもしかすると……と思った。アシュレイの会いたい『人間』など、この世にただひとりしかいなかったからだ。

けれどその時はまだ、エレオノーラは王立病院で眠り続けていると思っていた。だからアシュレイは、大きな期待と同じだけの不安に瞳を揺らしていたのだが。

「お姉さまが、まさかふた月前から目を覚ましていただなんて……全く気がつきませんでした」

晩餐の最中、エレオノーラからそれを打ち明けられて、アシュレイは絶句した。それどころか驚きのあまり思考すら停止してしまった。

しばし何も考えられず、そうしてようやく頭が働き始めた頃、アシュレイはまた泣いた。しかしその涙だけは正の感情から来るものではなく、負の感情から来るものだったと思う。

『お姉さま、本当なの……？』

エレオノーラが実は二ヶ月前に、意識を取り戻したこと。つまりまだアシュレイが祖国にいる間に目が覚めていたことを告げられ、泣きながら頬を膨らませると、姉は申し訳なさそうに苦笑した。

『本当よ。騙していてごめんなさいね』

『そんな……じゃあどうして、すぐに教えてくれなかったの？』

深い眠りから目を覚ましていたのなら、すぐにでも教えてほしかった。アシュレイは、エレオノーラのことが心配で心配で堪らなかったというのに……とまた涙を溢れさせる。

すると隣に座っていたヴォルフガングが、エレオノーラの代わりに説明した。

『エレオノーラ王女殿下の意識が戻っていると、まだお前が祖国にいる間に伝えて、クラレンス殿にまで気づかれたら困ると思ったからだ』

エレオノーラの意識が戻ったと聞いたら、アシュレイはきっと隠し切れず、喜びを露わにしてしまうだろう。

けれど、もしクラレンスがそのことに気づいたら、アシュレイに何をするかわからない。エレオノーラの事件に関して必ず何かを知っているクラレンスの存在を警戒したからこそ、ヴォルフガングは予めアシュレイには何があっても伏せておくよう伝えていたそうだ。

そして彼はアシュレイをこの国で保護した後、一連の事件を解決させようと決めていたらしい。

「あまり責めるな。エレオノーラ王女殿下は、常にお前の無事を願っていたんだ」

再び潤みそうになる紅色の瞳に気づき、ヴォルフガングがアシュレイの目元を親指でなぞる。

「そうですね……」

クラレンスは、エレオノーラだけを狂おしいほどに愛していた。エレオノーラだけがクラレンスの心の中におり、また、迷信を信じてもいる兄は、もしもエレオノーラがアシュレイのことを愛していなければ、早々にアシュレイを殺していたかもしれない。

あれほどの殺意をクラレンスに向けられたからこそ、アシュレイはなおさらエレオノーラがどれだけ自分を愛していたかを知った。同時に、どれだけ自分が守られていたかも知った。

——私はずっと何も知らずに生きてきた。

クラレンスが抱いていた狂おしいほどの愛情も、その狂おしいほどの愛情を向けられ続けていたエレオノーラの恐怖も、何も知らないまま。自分の無知を思い知り、がっくりと肩を落としたアシュレイの身体を、ヴォルフガングが抱き寄せる。

「だからといって、お前が気にする必要はないぞ。兄や姉という生き物は、だいたいがそういうものだからな」

「そういう……というのは、どういうものなのですか……？」

逞しい腕の中で、アシュレイがヴォルフガングを不思議そうに見上げる。

するとヴォルフガングは、ふっと笑みを漏らした。

「可愛い妹や弟の前では、強い振りをしていたいということだ」

なるほど……と妙に納得してしまってから、アシュレイがまた顔を上げてヴォルフガングを見つめる。

「それはヴォルフガング様も、ということでしょうか？」

「……まあ、そうかもしれないな」

彼は照れているのだろう。わざとらしいほどに眉を寄せている。

けれど、だからこそ彼はひとり、皆の憎しみの矢面に立ったのかもしれない。

ユスティア王国がディートハルトに厳しい処罰を求める中、要求を一蹴し、なおかつディートハルトをエレオノーラの側に行かせる。それがどれほどヴォルフガングの強い覚悟の上に成り立っていたか。アシュレイは想像するだけで、胃がキリキリと痛みそうになる。

――それなのに、私は……。

何も知らずにクラレンスの嘘を信じ込み、言い聞かせられるままにヴォルフガングを憎んだ。ヴォルフガングの命を奪うためだけに結婚し、初夜には毒殺しようとまでした。

「……ごめんなさい、ヴォルフガング様」

何て酷いことをしたのだろう。

改めて自分の愚かさが嫌になり、また涙が出そうになる。

しかし彼を傷つけた張本人である自分が、今ここで先に泣き出すのは、少し狡いのでは……と思い、堪えるように唇を噛み締めた刹那、ヴォルフガングがアシュレイの額に唇を押し当てた。

「初夜のことなら、別に気にする必要はない」

アシュレイに生き抜くという気持ちを思い出させてくれた腕輪を返したので、紅色の宝石が手首で輝いている彼の逞しい腕が、アシュレイの腰をさらに強く抱き寄せる。

「たしかに、お前は俺を一年間憎んでいた」

「はい……」

「だが、それはつまりお前の心に俺が一年間棲み続けていたという、何よりの証でもあるのだろう？」

「え……？」

思いも寄らない発想に、アシュレイはきょとんとする。

言われてみれば、アシュレイはこの一年間、ヴォルフガングとディートハルトのことだけを憎み続けていた。特に結婚が決まってからは、毎日ヴォルフガングのことばかり考えていたように思う。

ただ、それは決して良い意味ではなかったのだが……とアシュレイが、複雑そうに眉尻を下げたその刹那。ヴォルフガングは初夜の時のような、わざとらしいまでに傲慢そうな笑みを浮かべた。

「とはいえ、愛しい番に命を狙われて、傷ついたのもまた事実だからな」

そして獰猛な輝きを放つ琥珀色の瞳と視線が交わる。

「アシュレイ、お前にはひとつ償いをしてもらおうか」

「償いですか……？」

「ああ、そうだ。――アシュレイ、今宵はお前から俺を求めろ」

ヴォルフガングが何を言っているのか、瞬時には理解できなかった。理解できても、やはり躊躇いが先に立つ。

「も、求めるというのは、その……」

「お前から誘惑しろということだ」

「ゆ、誘惑……？」

どのようにして誘惑すれば良いのか。

それ以前に羞恥でぶわりと頬を赤らめるアシュレイに、ヴォルフガングの瞳は切なげに揺れる。

「……番に求められるのは、俺達獣人にとって最上の幸せだからな」

「ヴォルフガング様……」

その時アシュレイは、ふと思った。

もしかすると彼は不安なのかもしれないと。

なにせアシュレイは、まだ想いを伝えられていないのだ。加えて、彼ほどの愛情を示せてもいないと思う。

だから彼は求められたいと願うのかもしれないと考えたら、アシュレイの中から不要な羞恥心が消え去った。そしてガウンを纏った硬い肩に手を置き、そっと触れるだけのキスをする。

――柔らかい。

柔らかくて温かくて、唇を重ね合わせるだけで心が満たされる。胸がいっぱいになり、蕩けてしまいそうな幸せを覚える。

「ふ、ぅ……」

アシュレイはその心地好さに浸るように、幾度も幾度も角度を変えては唇を押し当て続けた。

「お前の誘惑は、想像以上に愛らしいな……」

ちゅっと微かな水音を立てながら唇を離したアシュレイに、ヴォルフガングが唸るように呟く。

「あの、お気に召しませんでしたか……？」

まだキスしかしていないのに、もう自分は何かを間違えてしまったのだろうか。

アシュレイは不安になり、ヴォルフガングの顔を凝視する。

そうすることで気がついた。彼の頬が、誤魔化しようもないほど紅色に染まっていることに。

「ヴォルフガング様……」

「いや、気に入らないどころか……むしろ、今すぐにでもお前を貪り尽くしたい衝動に駆られて困っている」

つまり今の唸り声は、我慢しているがゆえに発せられたということか。

――良かった……。

拙いキスであったことに違いはないだろうが、それでも彼を喜ばせることができたと知って、アシュレイの頬がふわりと緩む。

それからアシュレイは、もう一度ヴォルフガングのガウンに触れた。

「だめ、ですよ……。今日は、私がその……誘惑、するのですから」

「ああ、そうだな。それなら俺も、心地好いお前の中に迎え入れてもらえるその時まで、吐精しないように耐えてみせよう」

本当に直接的な物言いをする獣人だ。

けれど彼の言葉にアシュレイの身体が疼いてしまったのも、また事実である。

「ん……」

もう一度ゆっくりと唇を押し当てる。

さて、次はどうしよう……と考えたところで、アシュレイは思い出した。

——たしか、ヴォルフガング様はいつも……。

アシュレイは彼の行動を思い出しながら手本にしようと決め、ヴォルフガングの唇を舌でつうっと舐めた。

すると大きな身体がびくりと揺れて、彼の唇がアシュレイを迎え入れるように開く。

その隙間から、アシュレイはおずおずと舌を滑り込ませた。

「……ん、ぁ……ふ……」

温かい。まるで湯の中にいるかのような心地好い温かさを覚える口内に、舌を差し入れただけでアシュレイの下腹の奥はずくりと疼く。

今度は歯列に舌を押し当て、感触をたしかめるようにゆるりとなぞる。

すると、ヴォルフガングも快感を得たのだろうか。背後でばさりと太い尻尾を揺らすと、彼はアシュレイの腰をぐっと引き寄せた。

徐々に上の歯と下の歯が離れていき、その向こうにある肉厚な舌にも触れることができるようになる。

「ぁ、ん……」

ヴォルフガングの舌は、いつもアシュレイのそれに甘い茨のように絡みついてくる。だからアシュレイもと思ったのだが、なかなか思うように絡め合うことができない。

彼がいつもするように、溶けるように擦り合わせたいのに、ぬるりと滑ってしまう。それがもどかしくて、アシュレイは焦れてしまい、彼のガウンを握り締めつつ身を乗り出した。

その時、突然動き出したヴォルフガングの舌が、アシュレイの舌を捕らえた。根元の方から扱きあげるように絡め取り、味蕾同士を擦り合わせながら吸い上げる。

「……っ！　ん、んぅ……っ」

がしりと後頭部にも大きな手を回され、一瞬にしてキスがより深くなり、腰骨が蕩けてしまいそうな快感が身体中を駆け巡る。

彼のガウンを握り締めている手に力を入れると、ヴォルフガングはより身体を密着させるようにアシュレイの腰をぐいっと抱き寄せた。

「ふっ……ぁ、んぅ……」

口内のみならず、互いの舌までもが溶けてしまいそうなほどに熱い。主導権を奪われてしまい、一気に呼吸がしづらくなる。

でも温かくて幸せで心地が好くて、もっと続けてほしいとも思う。

「ぁ……ふ、ぅ……ぁんっ」

離さないとでも言うように、ねっとりと絡め取られている舌を甘噛みされて、背筋にぴりりと走った甘い痺れに酔いしれる。下肢の間からとぷりと甘い蜜が溢れ出したことに、アシュレイは気がついた。

「……すまない。お前の愛撫があまりにも腰に来すぎて、我慢ができなかった」

ようやく解放され、はあはあと荒い息を吐き出しているアシュレイに、ヴォルフガングが謝る。

けれど自分の濡れた唇を嬉しそうにぺろりと舐めたその顔を見るに、彼は間違いなく悪いとなど思っていないのだろう。大きな耳は幸せそうにピンと立っているし、背後の尻尾は大きな衣擦れの音を立てて、ばさばさとベッドの上を踊っている。

アシュレイにはそれがほんの少しだけ面白くなくて、ヴォルフガングをもっと誘惑しようと、彼のガウンを結んでいる紐に指を掛けた。

「アシュレイ、まさか脱がせてくれるのか……？」

ヴォルフガングが驚く。

「あの、お嫌でしたか……？」

「嫌なわけがあるか。俺の大切な番であるお前の手だぞ」

目元を赤らめながらも、真顔で話すヴォルフガングに、アシュレイの頬がじわりと熱を持つ。愛情を伝えようとしているのに、それ以上の深い愛情に包まれてしまい、少しだけ情けないと思いつつも、アシュレイは胸が高鳴って仕方ない。嬉しくて、また涙腺が緩みそうになる。

今まで以上に心臓が甘い音を立てる中、アシュレイはヴォルフガングのガウンの紐をしゅるりと解いた。

「綺麗ですね……」

ガウンに隠されていた、ヴォルフガングの上半身が露わになる。

彫像のように美しい裸体を間近で見て、アシュレイの唇から感嘆のため息が漏れた。

「そうか？　お前の身体の方が、俺よりもよほど美しいと思うが」

不意打ちのように褒められ、アシュレイの瞳が恥ずかしそうに揺れる。

「あ、ありがとうございます。ですが、その……ヴォルフガング様は彫像みたいで、本当に美しいなと思いまして……」

だがアシュレイの目には、ヴォルフガングの方が綺麗に見えている。

――もしかすると、彫像より美しいかもしれないわ……。

身体は一切の無駄が見当たらないほどに引き締まり、硬い筋肉に覆われ、獣人らしい身体能力の高さも容易に想像できる。

自分の身体とは違う、鍛え上げられた男らしい身体に頼もしさを感じると同時に、この先に起こることに対する期待から下腹の奥がじゅんと潤う。

思えばアシュレイは、初めて身体を繋げた夜から、この神々しいとすら思えるほどの容姿に心を摑まれていたのかもしれない。

「あの、触れてみてもいいですか……？」

「ああ、どこでも好きに触って構わないぞ」

許可を得て、アシュレイが硬そうな筋肉に覆われた身体を指でなぞる。

「……っ」

アシュレイの細い指が素肌に触れた途端に、ヴォルフガングは息を詰めた。それとともに、目の前にある三角の大きな耳が、緊張を表すようにピンと立つ。その三角の耳を、アシュレイはじっと見つめた。

――やっぱり、これにも触れてみたい……。

元々祖国では、見知らぬ獣人にさえ目を奪われていたくらいだ。せっかく間近にもふもふとした耳があるのだから、これはもう触るしかないだろう。

触り心地の良さそうな耳を前に、心が躍り出す。

そしてアシュレイは、身を乗り出して彼の大きな三角の耳に触れた。

「わぁ……柔らかい……」

これは堪らない。予想以上のもふもふ加減だ。

一度触れてしまったら、永遠に触れ続けていたくなるほどの触り心地と絶妙な弾力に、アシュレイの頬が蕩けたように緩む。

しかしヴォルフガングにとって、アシュレイのその行動は予想外だったようだ。

驚いたように目を見開き、呼吸すらも忘れたように硬直している。

そのことに気づかず、ただひたすらにもふもふとした大きな三角の耳を堪能しているアシュレイの腕を、ヴォルフガングはがしりと掴むと、動きを封じるように彼女の身体を抱きしめた。

「あの、ヴォルフガング様……？」

「……アシュレイ、それは反則だろう」

ぐるぐると獣のような唸り声が、彼の喉から聞こえてくる。

もしかして擽ったかったのだろうか。彼の胸の中からそっと顔を見上げた刹那、激しく燃える情欲の炎を宿す琥珀色の瞳と視線が交じり合い、気づいた時には彼の整った顔がアシュレイの視界を埋め尽くしていた。

「え……っ、んんっ……」

ヴォルフガングは、アシュレイを食べ物だとでも思っているのだろうか。

貪りつくように唇を貪られ、呼吸すらも奪われる中、ヴォルフガングはアシュレイのガウンの紐を解き、その中に着ている夜着の前紐を素早く外すと、指をその中にするりと潜り込ませた。

「んっ、ぅ……ふ……」

そして熱を持った大きな手が、細い腰や薄い腹を淫猥に撫で上げる。

その間も舌は自由に動き回り、アシュレイの口内を犯すように掻き回している。

「ぁ、ふ……ぁ、待っ……んぅ……」

アシュレイが酸欠にならないようにとの配慮なのか、空気を吸い込めるようにと、ヴォルフガングが僅かに唇を離した。

「――もう我慢の限界だ」

そう呟き、再びアシュレイの唇を塞ぐ。

おまけに肌を撫で回していた手が、今度は柔らかな膨らみを捕らえた。

「ん、んぅっ……ふ、ぁっ……」

「……不思議だな。お前の唇は、どの果物よりも甘くて美味い」

ひとしきり貪り、アシュレイの唇を最後にぺろりと舐めてから解放すると、ヴォルフガングは嬉しそうに言う。

自分のことをまるで何かの果物のように表現するヴォルフガングに、アシュレイは何と答えたら良いかわからない。僅かに迷っているうちに、アシュレイの唇からはまたもや甘やかな嬌声が溢れ出してしまった。

「あっ……ん、ぁ……っ」

ガウンとともに夜着を思い切りはだけさせると、ヴォルフガングは形の良い膨らみを捏ねるように揉みしだき始めたのだ。

男の手の中でふにゅりと形を変える膨らみが、何ともいやらしい。でも、その光景にすらも、アシュレイは身体の奥を疼かせてしまう。

「やっ、そこは……ぁ、んっ」

「お前は、この可愛らしい蕾が本当に好きだな」

双丘の中央で紅く色づき始めている蕾を、男の節榑立った指がきゅうっと摘まむ。指の腹を擦り合わせるようにくりくりと乳首を縒られ、アシュレイは湧き上がるむず痒い快感に堪えきれず、いやいやと首を振った。それとともに、背中に流している長い銀色の髪がさらさらと音を立てる。

「たしか、この蕾も甘いはずだ」

真顔で呟くと、ヴォルフガングは逃げられないようにアシュレイの腰に腕を回しつつ、乳房に顔を近づけた。

「待って……何を、言って……あ、あぁっ」

アシュレイの制止にかまわず、ヴォルフガングは胸の頂をぱくりと食べた。

「は、ぁあ……んっ」

形の良い唇が乳首を包み込み、舌先が快感を引き摺り出すように、何度も先端の僅かな窪みを擽る。かと思えば、弾力を味わうかのように押し潰され、腰が揺れるほどの甘い痺れが身体中を駆け抜けた。

「やはり甘いな。果汁でも塗り込めているのか？」

「そんなこと、な……ん、あぁっ」

ヴォルフガングは、アシュレイの身体を羞恥で焼き尽くすつもりなのだろうか。

思いがけない感想に、アシュレイが耳まで真っ赤に染めれば、ヴォルフガングはふっと表情を和らげ、今度は美味しそうに味わっている乳首をちゅうちゅうと吸い始めた。

「やあぁっ、それ、だめ……っ」

「……そうか。ではお前は、やはり舐められる方が好きなのか？」

「ちが……っ、そういう意味じゃ……、っ、ふぁあ……っ」

赤子のように吸いついていた乳首を、肉厚な舌が根元からねっとりと舐め上げる。痛いほどに勃ち上がった蕾を、ざらざらとした舌で舐られると、腰は焦れたように揺らめく。

刺激から逃れるようにまた髪を振り乱せば、ヴォルフガングは乳首から唇を離し、微かな笑みを漏らした。

「何だ、俺の番は注文が多いな」

「は、ぁ……注文など、した覚えはないのですが……」

アシュレイが荒い息を吐き出し、否定する。

するとヴォルフガングは、琥珀色の瞳を悪戯っぽく輝かせた。

「心配するな、アシュレイ。獣人は皆、番が我儘を言えば言うほど喜ぶものだ」

全力で叶えてやりたくなるからなと笑い、ヴォルフガングは再び胸の蕾に唇を寄せる。

そして淫猥に濡れた乳首をまたちゅうと吸い、カリッと甘く歯を立てられた瞬間、アシュレイはびくりと身体を揺らした。

「つ、ひ、あぁ……っ！」

硬い歯でころころと優しく転がしながら、尖らせた舌先が乳頭を抉るように突く。加えて、肌を撫で回していた手にもう片方の頂まで摘まみ上げられ、アシュレイは自分の身体を支えるためにベッドに手を突いた。

しかしそのせいで背中が反り、結果的にヴォルフガングに胸を突き出す形となってしまうと、彼はますます念入りに蕾を味わい始めた。

「だめっ……だめ、なの……っ」

腹の奥が燃えるように熱い。下肢の間がぬめり、その奥で何かが弾けてしまいそうな凄まじい快感に襲われる。見開いている目から、涙が溢れそうになる。

「あ、あぁっ……もう、本当に……っ」

だめとばかりを繰り返し、アシュレイの身体が勝手にぴくぴくと震え始めたところで、ヴォルフガングはようやくちゅっと音を立てて、真っ赤に染まった蕾を解放した。

「もう泣きそうになっているようだな」

「はあ、はあ……それは、ヴォルフガング様のせいで……」

「何だ、嫌だったのか？」

ヴォルフガングは、アシュレイの胸から顔を上げると、潤む紅色の瞳を覗き込む。

しかしその美しい琥珀色の瞳には、もう不安の色は宿っていない。

「それとも、良すぎて涙が溢れそうなのか？」

嬉しそうに口角を上げて、ヴォルフガングがアシュレイを愛おしそうに見つめる。決して返事を聞き逃すまいとでもいうように、もふもふとした大きな耳もピンと立てている。

「……そうです」

いつものアシュレイなら、羞恥から素直に答えることなど到底できなかっただろう。

けれど今日はもう、羞恥心などとうにどこかへ吹き飛んでいる。それに素直に答えた方が、より彼に対する愛情を示すことができるのではないかと思ったのだが。

アシュレイの予想に反して、ヴォルフガングはなぜか目を見張ると、言葉を失ってしまった。

「ヴォルフガング様……？」

もしやはしたなかったのだろうか。

反応のないヴォルフガングに、アシュレイの瞳が不安に揺れる。

身の置き所がなくなり、とりあえずほとんど露わになっている上半身を、アシュレイが辛うじて肩にかかっている夜着で隠そうとしたその時。

ヴォルフガングがアシュレイの身体を強く抱き寄せ、両腕の中に閉じ込めるように深く抱きしめた。

「つ、どうなさったのですか……？」

「お前は俺を殺す気か？」

耳元で吐き出された吐息が熱い。掠れたような低い声からも、身体の奥がぞくりと疼いてしまうような情欲を感じる。

「……俺はもう、お前の愛らしさで死にそうだ」

「ヴォルフガング様……」

「だが、愛しい番を味わわずに死ぬなど、愚かにもほどがあるからな」

抱きしめているアシュレイの耳朶を擽るように、吐息混じりの笑みを浮かべると、ヴォルフガングは手を彼女の秘所まで滑らせた。

「あっ、ん……っ」

しとどに濡れる花弁を割り開き、わざと淫猥な音を立たせるように蜜をくちゅりと掻き回す。

「気持ちが良かったか？　今日はいつもより、濡れているようだぞ」

「い、言わないで……っ、あぁっ」

淫らな感想を告げられて、身体が熱くなる。その身体をさらに昂らせるように、ヴォルフガングの指は花弁の奥を擦り始めた。

「ふ、あぁ……ん、あっ、だめ……っ」

蜜壺に埋められた指が、溢れる蜜を掻き出すようにじゅぶじゅぶと抜き差しを繰り返す。アシュレイは蜜壁が震えるほどの快楽を与えられ、ヴォルフガングの肩を縋るように掴んだ。その直後、硬い手のひらがぷくりと膨らむ花芯を押し潰した。

「ああぁっ……やぁ、それ……っ」

気持ちが良くて堪らない。全身が蕩けてしまいそうなのに、腰は刺激を求めて淫らに揺れる。

「いいぞ、アシュレイ。そのまま一度達しておけ」

蜜洞に埋めている指が増やされる。良いところを擦り立てる指の動きが、いっそう激しさを増す。

ヴォルフガングは、眼前で揺れる双丘の蕾に吸いついた。同時に莢から顔を覗かせている花芯を、ぐりっと手のひらで押し潰す。その瞬間、アシュレイの身体は呆気ないほど簡単に頂まで押し上げられた。

「ぁ、ふ、あぁんっ！」

腰に回されていた手が、くたりと身体から力の抜けたアシュレイを支える。

彼はそのまま、辛うじて肩に掛かっていた夜着をアシュレイから剝ぎ取り、薄紅色に染まりつつある肌を晒させると、向かい合う体勢のまま、アシュレイの身体を自身の膝の上に抱え上げた。

「あっ……」

ガウンをはだけさせるように反り返っている剛直が、太腿にまで甘い蜜を零している花弁に押し当てられる。きっとこのまま、彼はいつもと同じように狭い媚肉を押し広げて、快楽を求めて雫を垂らす雄茎を、最奥まで埋めるつもりなのだろう。期待から、アシュレイの腰が淫靡にくねる。

けれどヴォルフガングは、なぜかそれ以上の行動を起こそうとはしなかった。

「ヴォルフガング様……？」

「アシュレイ、どうして欲しいんだ？」

快感に頬を染めているアシュレイに、悪戯っぽく目を細めて、ヴォルフガングが問いかける。

でもこの状況でアシュレイがどうしてほしいかなど、ヴォルフガングにはわかっているはずだ。

何より彼だって、このぬめる昂ぶりをアシュレイの中に沈み込ませたいだろうに。

そうに違いないのに、彼はアシュレイに答えを求める。

「ああ、もう一度指で達しておくか？」

それどころかわざと違う選択肢を差し出すヴォルフガングを、アシュレイは恨めしいとでも言うように潤む瞳で睨めつけた。

しかしヴォルフガングは、今日に限って助けてはくれない。

「どうした、アシュレイ。番であるお前の願いなら、何でも叶えてやるぞ」

「ヴォルフガング様の、いじわる……」

時折思い出したかのように、熱い屹立の先で潤む花弁を突かれるのが辛い。思いのままに彼を呑み込み、縋りつきながら腰を振りたくり、快楽を貪りたくなってしまう。

けれど言葉が出てこない。どうしたら欲しいものが手に入るのか、アシュレイにはわからない。

誘惑の仕方がわからず、欲しいものが与えられないもどかしさで、アシュレイの思考が段々とぐずぐずに蕩けだす。

「アシュレイ、お前はどうしたいんだ？」

問いかけるヴォルフガングの声に、もう揶揄いの色は見えない。ひたすら真剣な、それでいて身を焦がしそうな熱だけが宿っている。

理性を熱に蕩かされて、本能を曝け出したアシュレイは、縋るように愛する琥珀色の瞳を見つめた。

「もう、欲しいの……」

心の何処かには、はしたないことを言っている自覚もあった。

それでももう止められなかった。アシュレイを見つめる琥珀色の瞳に、自分だけを求める炎が激しく揺らめいていて、気づけば唇から勝手に想いが溢れていた。

「あ、愛しているの、ヴォルフガング様を……だから、お願い……」

涙がほろほろとこぼれ落ちる。熱に浮かされたように頭もぼうっとしている。

でも口にした想いだけは真実だ。アシュレイはヴォルフガングを愛している。

口では伝えきれない思いの丈を込めて、アシュレイはヴォルフガングの唇にふわりと己の唇を重ね合わせた。

その瞬間、ヴォルフガングは身体を硬直させ、アシュレイに押し当てている熱い屹立だけがびくりと大きく跳ねた。

「……俺は、夢でも見ているのか？」

どこか放心状態で、ヴォルフガングがアシュレイを見つめる。

驚いているのはわからないでもないが、だからといってアシュレイの想いを勝手に夢にされるのは困る。

　これは決して夢ではないのだと、しっかりと理解してもらうように、アシュレイはもう一度唇を押し当て、彼の唇をぺろりと舐めた。

　その刹那、ヴォルフガングはアシュレイの腰を掴み、ぐぐっと彼女の腰を自身に向かって引き下ろした。

「アシュレイ……っ」

「ん、ぁあっ――っ！」

　指とは比べ物にならないほどの大きさのものが、一気にアシュレイの中に埋められる。腰を突き上げられ、揺すられ始めたのと同時に、アシュレイは彼の太い首に縋りついた。

「アシュレイっ、愛しているんだ……っ」

　泣きそうな声で、ヴォルフガングが叫ぶ。実際に涙を流しているのはアシュレイなのに、泣きそうなほどに深い想いを告げてくる彼が愛おしくてたまらない。

「あっ、ふぁ……っ、ヴォルフガング、さま……ぁっ」

　熱い昂りに蜜洞を掻き回され、淫猥な水音が耳に入ってくる。

　ぐちゅぐちゅという淫らな水音からも、耳は幸せを感じ取ってしまうのだから、アシュレイの身心はもう彼によってとろとろに蕩かされている。

「アシュレイ……っ！　お前は、俺だけの番だ……！」

「ふ、ぁあっ、ん……ヴォルフガング、さまぁ……っ」

ありったけの想いを伝えるように、アシュレイが何度もヴォルフガングの名を呼ぶ。彼の名を口にするだけで、身体はどんどん熱を溜め始める。

苦しいほどに硬くて長い屹立にごつごつと突かれ、下腹の奥が熱い。蜜壺の奥を抉じ開けるようにずくずくと突き上げられ、目眩がしそうなほどの快楽の波がアシュレイを襲う。

彼の首に縋りつき、身体を密着させると、紅い胸の蕾や膨れた秘玉が擦り上げられて、ぶわりと痺れるような快感を放つ。

ずんと一際強く突き上げられて、アシュレイの身体は大切な存在を離さないとばかりにヴォルフガング自身をきゅうきゅうと締めつけた。

「お前は俺だけの、ただひとりの番なんだ……っ」

羞恥心を忘れるほどぐずぐずに蕩けきっていても、それでも嬉しい言葉だけは絶対に聞き逃すまいと思った。満たされ過ぎて胸がいっぱいになり、苦しくて堪らないほどの幸せがアシュレイの身も心も包み込む。

「あっ、好き、です……っ、私も、貴方を愛して、いるの……っ」

「ああ、俺もだ。アシュレイ、俺もお前だけを愛している……っ」

結合部がぐちゅぐちゅと派手な水音を立てる。溢れ出した蜜がふたりの下肢を濡らし、シーツを愛情の色に染め上げる。

段々質量を増していく彼の硬い楔が、充血した媚肉を擦り上げると、腰骨が蕩けてしまいそうな快感が蜜洞全体を襲った。

でもそれ以上に心が熱い。彼の愛情で満たされた心が、燃え上がるような深い熱を持つ。

「アシュレイっ、永遠に、俺の側にいろ……っ」

大胆に腰を揺すられ、ぞくぞくとした甘い痺れが引っ切りなしに身体中を駆け巡る。

「いる、から……ぁっ、だから、離さないで……っ」

「ああ、絶対に、離すものか……っ」

どちらからともなく唇を重ね合わせる。熱い舌を絡め合い、互いが互いを溶かし合うように貪る。溶かし合った自分の一部を相手の中に流し込むように、深い口づけを交わす。

アシュレイを抱き込む逞しい腕にも段々と力が入り、最奥を抉じ開けるように穿たれる。身体を襲う大きすぎる快感に、アシュレイはもう目を回しそうだ。

身も心も蕩けそうなほどの熱い行為に没頭しすぎて、動きは以前より荒々しいものになりつつあるのに、それでもアシュレイの身体は全てを甘い快楽として受け入れる。

そして男を愛おしそうに包み込む媚壁は収縮し始めた。

「あっ、あぁっ、もう……ぁ、わたし……ん、ぁあっ」

「俺も、だ……俺も、お前と一緒に……っ」

達したいと誘うヴォルフガングに、アシュレイは同意するようにぎゅうぎゅうと彼の首に縋りつく。甘過ぎる快楽からぽってりと充血している蜜壁も、愛おしい存在を深く抱きしめるようにきゅうきゅうと絡みついている。

「アシュレイ……っ！」

甘く低い声に名を呼ばれた瞬間、身体の熱が一気に弾けた。

「あ、ぁ、あぁぁ――っ」

涙がぶわりと溢れ出す。

熱い迸りを最奥に、蜜洞内に収まり切らないほどたくさん注がれ、アシュレイの身体を溺れそうに深い快楽が包み込む。愛情の証が胎内に溢れ返り、ふわふわとした浮遊感に包まれる中、最後まで精を吐き出すように、ヴォルフガングが軽く腰を揺らす。

そしてうっとりと頬を緩めているアシュレイの唇に、彼は己の唇を重ね合わせた。

「ん……ぁ、ふ……」

離れない、離さないとばかりに、銀色の糸がふたりを繋ぐ。互いの心を溶かし、混ぜ合うように、ひたすら唇を貪り合った。

そうしてどのくらいの時間、口づけを交わし続けていただろうか。

唇はぽってりと腫れ、最上の幸福がアシュレイを包み込む。眠りの世界に誘われかけ、アシュレイの瞳もとろんとしだし、そしてゆっくりと瞼を閉じかけたその時――。

「んっ……ぁ、え……？」

今し方、精をたっぷりと放ったはずのヴォルフガングの雄芯が、アシュレイの中でむくりと硬さを取り戻した。それどころかぐんぐんと太さを増していき、ついには潤む蜜洞をみっちりと塞ぐほどに、欲望が膨れ上がる。

「あの、ヴォルフガング様……？　ええと……」

これはいったいどういうことなのだろう。

今まではそこで意識を失っていたために、これから何が起こるのか理解ができず、アシュレイが不思議そうな顔をする。

するとアシュレイの愛する獣人王は、まるで肉食獣が獲物を捕食する時のように、ぎらりと美しい琥珀色の瞳を輝かせた。

「今宵で三回目だ。そろそろ、お前も慣れてきた頃だろう？」

「え……？　まさか、慣れるなんて……」

「まあそう遠慮するな。第一、俺は獣人だぞ」

このような激しい行為に慣れる日などきっと来ない。そして獣人だから何だと言うのか。

アシュレイが、不思議そうにヴォルフガングを見上げる。

けれど媚肉を押し広げる存在のおかげで、アシュレイは段々と言葉の意味を理解し始め、無意識に腰を引こうとした。その途端、ヴォルフガングは逃さないと言うように、一度だけ腰をぐちゅりと揺らした。

「あ、んっ」

アシュレイの唇から溢れた嬌声に、ヴォルフガングが唇の端を上げる。

「アシュレイ、一度きりでは到底番を満足させられないと思わないか？」

「い、いえ……あの、私はもう十分……」

満足していますという言葉を掠め取るように、ヴォルフガングわざと唇を塞ぐ。

「お前も知っているだろうが、獣人の愛は物凄く重いんだ。だから諦めて、俺の腕の中で思う存分啼き続けろ」

ヴォルフガングが傲慢そうな笑みを浮かべようとする。でもアシュレイへの深い愛情の方が前面に出ていて、言葉とは裏腹に幸せそうな顔にしか見えない。大きな三角の耳も期待するようにピンと立っているし、彼の背後では太い尻尾がベッドの上を右に左にと激しく暴れ回っている。

「ヴォルフガング様……」

「どうした？」

「あの、じゃあ……お手柔らかにお願いします」

思いの外わかりやすい愛しの獣人王に、アシュレイはふわりと笑みをこぼしながら言い、彼の鼻先にちょこんとキスを落とした。

その瞬間、身体の中に埋められている彼の熱い愛情がまたぐんと膨れる。

「くっ……アシュレイ、お前は俺を煽るのが本当に上手いな」

「んっ、そう、ですか……？」

「ああ……だが、まあ当然だろう。なにせお前は、吐息ひとつで俺を煽ることのできる、俺だけの番だからな」

何度も告げられる『番』という言葉が、またひとつアシュレイの胸に幸せな明かりを灯す。

獣人の愛情はどうやら、身体が沈み込んでしまいそうなほどに重いらしい。

けれど溺れてしまえば、きっとこれ以上の幸せな人生などないのだろう。

紅色の瞳をヒントにアシュレイを見つけ出し、そして毎日嬉し涙を流してしまいそうなほどの愛情を惜しみなく注いでくれる愛しい夫に、アシュレイが柔らかなキスを贈る。その刹那、律動は甘やかに開始された。

終章　復讐の王女は獣人王の愛に溺れる

獣人の住まうダルスタイン王国を真白く染め上げていた雪は、麗《うら》らかな春の訪れとともに命を育む水となり、夏の眩しい太陽の下で農作物の育つ大地を潤す。そして葉を美しい色合いに染め上げる秋が訪れた今、人々の生活に多くの自然の恵みをもたらしている。

「アシュレイ、エレオノーラは元気にしていたかしら？」

「ええ、毎日とても忙しいようですが……それでもこれ以上ないほど幸せだそうですよ、お義母さま」

アシュレイの大切な姉のエレオノーラは、大地を美しく咲き誇る花々が彩り始めたこの春に、ユスティア王国の女王となった。

それは国王と王妃であった両親の命を奪い、実の妹に毒を盛り、ダルスタイン王国の王弟であるディートハルトを陥れようとした実兄クラレンスの罪を、大変な醜聞になるとわかっていてなお、エレオノーラが公表した結果だった。

そして国王としての資格を剝奪されたクラレンスは、王宮の敷地内にある王族専用の牢に幽閉され、そこで命を落とした。

何者かに毒を盛られたそうだ。

しかし、厳しい監視の目を潜り抜けて、クラレンスに毒を盛ることのできる人物などそうそういない。だから恐らくクラレンスに毒を盛るよう指示したのは、エレオノーラではないかと、アシュレイは密かに思っている。

――クラレンスお兄さまの罪は、毒で許されるほど軽いものではない。

国王の命を狙った者は死罪だ。

だが、死罪というのは方法が山ほどある。

その中で、今回国王夫妻の命を奪い、妹に毒を盛り、隣国の王弟を陥れようとしたクラレンスの罪は、毒で許される程度のものでは決してない。むしろ王国の民の前で晒し者となるような、残虐な方法が選ばれる可能性の方が、遙かに高かったはずだ。

そういう状況において、方法が確定する前に毒を盛ったのは、ひとえにエレオノーラの温情ゆえの行動ではないかと、アシュレイは思う。

――たとえ大きな罪を犯したとしても、クラレンスお兄さまは実の兄だ。

許せないとは思っていても、それでもクラレンスは、アシュレイにとってもエレオノーラにとっても血を分けた兄なのだ。

だからこそ、エレオノーラはきっと……とため息を吐き出したアシュレイに、義母である王太后のアレクサンドラが心配そうに問いかける。

「ねえ、アシュレイ。ディートハルトは、ちゃんと役に立っているのかしら？」

「もちろんですよ。エレオノーラお姉さまも、公私ともに助けられていると話していましたから」

ふわりと微笑むアシュレイに、アレクサンドラはほっと安堵したように息を吐き出すと、手に持っている紅茶のティーカップを傾けた。

およそ半月前、ユスティア王国で一年に一度の建国記念式典が行われた。

もちろんアシュレイとヴォルフガングも、ダルスタイン王国の国王夫妻として招待された式典の最中に、ユスティア王国の宰相が国の今後について発表したのだ。

一年後の建国記念日に、ユスティア王国の女王であるエレオノーラとダルスタイン王国の王弟であるディートハルトとの婚儀が執り行われると。同時に、見事姉を救いだしたディートハルトが、エレオノーラの王配となることも決まり、アシュレイはふたりの幸せを喜ぶあまり、ヴォルフガングの腕の中で涙を溢れさせた。

そして醜聞により暗い影を落としていたユスティア王国内もまた、新たな慶事を迎えることになり歓喜に湧いた。

「……あれほど大変な目に遭ったんだもの。ディートハルトには必ず、エレオノーラを幸せにしてもらわないといけないわね」

アレクサンドラの琥珀色の瞳が穏やかに細められる。

その優しげな表情を、自室にあるお気に入りのソファに腰を掛けて眺めながら、アシュレイは密かに思った。

――考えてみれば、同じ色だったのよね……。

アレクサンドラの美しい琥珀色の瞳は、ヴォルフガングやディートハルトと同じだ。家庭教師のサーシャとして側にいた頃、アシュレイは、彼女を耳や尻尾の消せる優秀な獣人だと思い込んでいたが、実際には人間だった。

その事実を知ったのは、一年振りにエレオノーラとアシュレイが言葉を交わした翌日のこと。意識を取り戻す前も取り戻した後も、医師として、また恋人として世話になったディートハルトの母親に挨拶をしたいと、エレオノーラが言った時だ。そこで現れたのが、サーシャ……いや、アレクサンドラだったのである。

その時まで、アシュレイは気がついてもいなかった。アレクサンドラの愛称がサーシャであることに、思い至る余裕もなかったのだ。

——もう、あの時は本当に驚いたわ。

衝撃の事実を突きつけられた瞬間、アシュレイは文字どおり気を失い掛けた。

ダルスタイン王国に嫁いでからのひと月弱、毎日のように顔を合わせていた家庭教師が王太后であると聞かされて、平然としていられるはずもないだろう。

なにせ王太后とは、ヴォルフガングやディートハルトの母親であり、アシュレイにとっては義母となるのだ。嫁と姑という本来であれば非常にデリケートな関係であったにもかかわらず、何も知らずに過ごして来てしまい、アシュレイは遠のきかけた意識が戻った瞬間、自分の身体を支えていた獣人王を恨めしそうに睨めつけた。

およそ一月の間、王太后をただの家庭教師だと思い込んできたアシュレイにはもう、自分が義母に対して何か失態を起こしてしまっていないかどうかすら思い出せなかったのだ。

ただ、顔を青ざめさせたアシュレイとは裏腹に、アレクサンドラは嬉しそうにころころと笑っていた。何でも、義娘を騙しつつ仲を深めていくという日々が、彼女にはとても楽しかったそうだ。

――まあ、それでも喧嘩はしなかったのだけれど……。

正体に気づいた際にはヴォルフガングと喧嘩をするように、とアシュレイはサーシャから言われていた。けれどヴォルフガングは、アシュレイが怒るよりも先に降伏してしまったのだ。

足元に額を擦りつける獣人王の姿には、さすがのアシュレイも言葉が出ず、むしろあまりの衝撃にまたしても気を失いそうになった。

――それに、アップルパイやアルフェンの紅茶を私が好んでいることも、ヴォルフガング様はお姉さまから聞いていたのだもの……。

エレオノーラが一年前にヴォルフガングにそう教えていたからこそ、頻繁に供されていたのだ。

想像もしないほど細かなところまで、アシュレイのために心を砕いてくれていたと知っては、もう彼を詰ることなどできなかった。

「それから……アシュレイ、貴女もよ」

数ヶ月前のことを思い出していたアシュレイに、アレクサンドラが柔らかな声を掛ける。

「お義母さま……？」

「貴女も、これからもっともっと幸せになるのよ」

アレクサンドラが、アシュレイに穏やかな眼差しを向ける。

何も知らなかった最初のひと月弱は家庭教師として、それ以降は王太后として、アシュレイを見守り続けてくれているアレクサンドラは、母親の愛情を知らずに育った彼女にとって、まるで本当の母親のようだった。

だからこそヴォルフガングが王都の郊外に視察に出向いている今日、アシュレイは一番にアレクサンドラを頼った。

「お義母さま、私はとても幸せですよ」

「あら、本当？　もっと欲張っても良いのよ」

ふふ……と厚めの唇に美しい弧を描いて笑うサーシャに、アシュレイもふわりと微笑み返す。

毎日が幸せすぎるほどに平穏で、きっとこれ以上の幸せなどないと思っていたのに、今日さらなる幸せがアシュレイに訪れた。

「まあ、でもそうよね。アシュレイ、本当におめでとう」

「ありがとうございます、お義母さま」

「……それにしても、あの子ったら遅いわね。今日は早めに戻るよう使いを出しておいたというのに、いったいどこに行っているのかしら」

困ったようにため息を吐いているアレクサンドラに、アシュレイが苦笑する。

そしてアシュレイが、肩にかけている厚手のショールを羽織り直した時だった。

「アシュレイ……！　大丈夫か!?」

王妃の私室であるアシュレイの部屋の扉を、ヴォルフガングが許可も得ずに、バンと開いて入ってきた。

「ちょっと、貴方はもう少し静かになさい。大切な身体に響いたらどうするの？」

呆れたように肩を竦めて、サーシャが息子を窘める。

しかしアレクサンドラの声など聞こえてもいないのか、ヴォルフガングはずんずんと室内を歩いて来ると、ソファに座るアシュレイの前に膝を突いた。

「どうした？　アシュレイ、どこか具合でも悪いのか？」

「いえ、あの……」

「王宮専属の医者を呼んだと聞いたが、何かあったのか？」

アシュレイの手を取り、柔らかく握り締めたヴォルフガングの手は小刻みに震えている。

けれど彼の不安をアシュレイが解消しようとするよりも先に、アレクサンドラはソファから立ち上がった。

「それじゃあ、わたくしはもう戻るわね」

「あ……お義母さま、今日はありがとうございました」

「良いのよ、アシュレイ。それよりも何か困ったことがあったら、その時はすぐにわたくしを呼んでちょうだいね」

アレクサンドラはふっと頬を緩めると、扉の側で待機していた侍女のエマを伴って、アシュレイの私室を後にした。

扉が閉まり、静寂が訪れた室内で、ヴォルフガングは震えるような吐息を吐き出しながらアシュレイに尋ねる。

「アシュレイ、俺には言いづらいことなのか……？」

アシュレイを見つめる琥珀色の瞳が、今にも泣き出しそうに揺れている。きっと彼は、何か良からぬ想像をしているのだろう。

ヴォルフガングは番を大切に想うあまり、かなりの心配性であると、結婚してからそろそろ一年を迎える今、アシュレイはつくづく思い知らされている。

「アシュレイ……？」

だからアシュレイは、ヴォルフガングの心の中の不安を消し去るように、ふわりと頬を緩めながら彼の手を自分の腹へと導いた。

「お腹にいるそうです」

私たちの子供が、と頬を赤らめながら呟いたアシュレイに、ヴォルフガングが息を呑む。それから彼は、アシュレイの大好きな琥珀色の瞳を徐々に見開いた。

「それは、本当か……？」

「ええ、次の春頃には生まれるそうですよ」

嬉しい知らせを彼に伝えられる幸せを改めて実感し、アシュレイの視界が滲み始める。

そしてヴォルフガングもまた、透明な涙を浮かべていっそう琥珀色の瞳を美しく輝かせた。

「俺たちの子供が、お前の中にいるのか……？」

緊張しているように大きな三角の耳をピンと立たせて、ヴォルフガングがアシュレイの腹を恐る恐る撫でる。何度も何度も、まだ手では到底たしかめることのできない小さな存在を宿す薄い腹を、愛おしそうに撫で擦る。

それからもう一度アシュレイを見上げた彼の瞳は、今にも涙が溢れそうに潤んでいた。

「アシュレイ……っ！」

勢いよく立ち上がり、そのままがばりと抱きついてしまいそうになるも、すんでのところで堪えると、ヴォルフガングはアシュレイの身体を労わるようにそうっと抱きしめる。

「本当なんだな？」

「はい」

「本当に、本当なんだな？」

ヴォルフガングが、幾度もアシュレイにたしかめる。

「はい、ヴォルフガング様」

「本当に、俺とお前の子供なんだよな？」

「そうですよ、もしや疑っていらっしゃるのですか？」

「疑うわけがないだろう。お前の身体についているのは、俺の匂いだけだからな」

しまいには自分とアシュレイの子供かとまで確認されてしまい、アシュレイが少しだけ不服そうに疑っているのかと尋ねれば、何とも獣人らしい否定の言葉が返って来た。

「……アシュレイ、ありがとう」

アシュレイの耳元で、ヴォルフガングが囁く。その声から察するに、彼はどうやら泣いているようだ。

「こちらこそ、ありがとうございます。ヴォルフガング様」

そしてアシュレイの頬もまた、涙が伝っている。

「そうか、来年の春か……来年の春には、俺達の子供が…………」

涙声で幸せを噛み締めるように、ヴォルフガングが何度も何度も呟く。

「楽しみですね」

「ああ、そうだな……ちなみに、女の子だろうか。それとも男の子だろうか」

「それも、生まれてからのお楽しみです」

ふふ、と泣き笑いの表情を見せるアシュレイを、ヴォルフガングが労わりつつもぎゅうと抱きしめる。

彼の背後にある太い尻尾は、今日も大忙しのようで、右に左にとばさばさ揺れている。つまりヴォルフガングは、間違いなく喜んでいるというわけだ。

そのように非常にわかりやすく感情を表してくれる目の前の獣人王が、アシュレイには愛おしくて堪らない。

「お前に似た女の子なら、さぞや愛らしいだろうな。いや、お前に似ていれば、男の子であっても愛らしいに違いない」

「ありがとうございます。でも私は、ヴォルフガング様に似た子がいいです」

愛するヴォルフガングとの子供なのだ。

アシュレイからすれば愛する彼に少しでも似ていた方が嬉しいし、またヴォルフガングにとっても同様なのだろう。

だからこそとそう伝えれば、彼の背後で既にばさばさと揺れていた太い尻尾は、さらに激しく暴れ回り始めた。

その忙しない動きとは反対に、ゆっくり身体を離すと、ヴォルフガングはアシュレイの瞳を愛おしそうに覗き込んだ。

「……どちらにせよ、その紅い瞳は是非とも受け継いで欲しいものだな」

「え……？」

彼は今何と言ったのだろう。

予期せぬヴォルフガングの言葉に、アシュレイは戸惑う。

「あの……？」

不思議そうに視線を彷徨わせるアシュレイの頬を、ヴォルフガングは優しく包み込んだ。

「なにせ俺は一瞬で、お前のこの紅い瞳に心臓を摑まれたからな」

夢のようだと思った。夢にしても、幸せすぎると思った。

悪魔の瞳と祖国で呼ばれ続けてきた紅い瞳を、子供に受け継いで欲しいと願われることも。アシュレイのこの紅い瞳に一瞬で心臓を摑まれたと、深い愛情に染まる声音で告げられることも。幸せすぎて、夢の中であっても信じられないほどだと、アシュレイは思った。

「……何だ、お前は母親になっても泣き虫のようだな」

「こ、これは……っ、ヴォルフガング、様のせい、です……」

ヴォルフガングもまた琥珀色の瞳を涙で輝かせながら、アシュレイの眦から溢れた雫を指で優しく拭い取る。

けれど彼がどれだけ拭い取っても、涙はもう止まらない。

「いいか、アシュレイ。お前の紅い瞳は、誰にも負けない煌めきを放っている。だからお前のその紅色の瞳を受け継いだ子供は必ず、愛しい番に見つけ出してもらえるはずだ」

「……ヴォルフガング様のような方に？」

アシュレイが滲む視界でヴォルフガングを見つめる。

「ああ、そうだ。女の子であっても男の子であっても、この紅色の瞳があれば、必ず愛しい番の心だって摑めるはずだ」

ヴォルフガングはきっぱりと言い、アシュレイの頰に伝う涙を愛おしそうに指で拭う。

「お前にひと目で恋をした俺のように、必ずだ」

だから絶対に幸せになれるに違いないと、ヴォルフガングは言う。悪魔の瞳と祖国で呼ばれ続けて来たアシュレイの紅い瞳を受け継いだ子供が、絶対に幸せになれると彼は言い切る。

ヴォルフガングは本当に、どこまでも深い愛情の海にアシュレイを溺れさせてしまいたいようだ。そしてこれだけの幸せを知ってしまった今、この温もりだけは絶対に何があっても決して離すものかと、アシュレイはまた改めて心に誓った。

「アシュレイ、お前は俺のただひとりの番だ。この世で一番愛しい、何よりも大切な番だ」

熱く甘い声音で、涙が出るほどに重い愛情のこもった告白をして、ヴォルフガングがアシュレイの唇にふわりと己の唇を重ね合わせる。

「アシュレイ、愛している」

重なり合う唇の合間に、もう一度愛を囁かれる。

「私も、です……ヴォルフガング様……」

幸福の涙がきらりと頬を伝う中、また温かな唇をしっかりと重ね合う。

それは、これから先の幸せな未来も、ともに歩き続けて行くことを誓い合うような、優しい優しいキスだった。

END

あとがき

こんにちは。または、はじめまして。白花かなでと申します。

この度は、『復讐の処女は獣人の愛に捕われる』をお手に取ってくださり、誠にありがとうございます。

本作は、第二回ムーンドロップスコンテストにて、竹書房賞並びに読者賞をいただき、加筆修正をした後、書籍化されたものです。

このコンテストの存在を知ったのは、締め切りの二ヶ月ほど前でした。

『恋は過激に！』というテーマでしたので、過激＝復讐と思いながら書き進め、締め切りの半月前には無事書き終えたのですが。どうしても何かが引っ掛かり、ほぼ全てを書き直すことに決めたため、結局締め切り前夜に完成するという、かなり心臓と健康に悪い体験をいたしました（計画性って本当に大事ですね、今後は寝不足にも気をつけたいと思います）。

さて、そんな状況の中、生まれましたこのお話ですが。

復讐を題材としているため、獣人ヒーローであるヴォルフガングの愛はとても重いです。それはもう、自己犠牲にも近いほどの溺愛です。大切な番《つがい》に憎まれ、殺されかけてなお愛し続けるというのは、やはり並大抵の覚悟では為せない技だと思うのです。

一方のアシュレイはとても泣き虫です。でも、大好きな姉のために命をかけられるような頑張り屋さんでもあります。彼女も祖国では辛い思いばかりしてきましたので、これからはヴォルフガングの深い愛情に包まれて、もっともっと幸せになってもらえたらいいなと思います。

復讐から始まる、人間と獣人という種族の違うふたりの恋物語を、お楽しみいただけましたら幸いです。

最後になりましたが、イラストを担当してくださいました、さばるどろ先生。可愛いアシュレイと、勇ましいヴォルフガングをお描きくださいまして、大変感動しております。本当にありがとうございました。

また、大変お世話になりました担当編集者様。何から何まで丁寧にご指導くださいまして、本当にありがとうございました。

そして、拙作を賞にお選びくださいました審査員の皆様。刊行にあたり、ご尽力いただきました関係者の皆様。応援してくださいました皆様。何より、この本をお手に取ってくださいました皆様に、心より御礼申し上げます。

最後までお付き合いくださいまして、本当にありがとうございました。

それでは、またどこかでお会いできることを願って。

白花かなで

復讐の処女《おとめ》は獣人王の愛に捕らわれる

2018年10月16日　初版第一刷発行

著　白花かなで
画　さばるどろ
編集　株式会社パブリッシングリンク
装丁　百足屋ユウコ＋モンマ蚕(ムシカゴグラフィクス)

発行人　後藤明信
発行　株式会社竹書房
〒102-0072　東京都千代田区飯田橋2-7-3
電話　03-3264-1576(代表)
03-3234-6301(編集)
ホームページ　http://www.takeshobo.co.jp
印刷・製本　中央精版印刷株式会社

ISBN 978-4-8019-1641-8
Printed in Japan

MOON DROPS